喝彩中国

——庆祝中华人民共和国成立75周年系列丛书

青春

安国峰 主编

延边大学出版社

图书在版编目(CIP)数据

青春 / 安国峰主编. -- 延吉：延边大学出版社，2019.1
（喝彩中国：庆祝中华人民共和国成立 70 周年系列丛书 / 陈顺成主编）
ISBN 978-7-5634-9140-7

Ⅰ.①青… Ⅱ.①安… Ⅲ.①报告文学 - 作品集 - 中国 - 当代 Ⅳ.① I25

中国版本图书馆 CIP 数据核字 (2018) 第 292529 号

青春
喝彩中国：庆祝中华人民共和国成立 70 周年系列丛书

出 版 人：	赵立才
主　　编：	安国峰
丛书主编：	陈顺成
责任编辑：	李美善
出版发行：	延边大学出版社
地　　址：	吉林省延吉市公园路 977 号　　邮　　编：133002
网　　址：	http://www.ydcbs.com　　E－mail：ydcbs@ydcbs.com
电　　话：	0433-2732435　　传　　真：0433-2732434
印　　刷：	吉林市海阔工贸有限公司
开　　本：	16 开　　710×1000
字　　数：	308 千字
印　　张：	16.25
版　　次：	2019 年 1 月第 1 版
印　　次：	2019 年 1 月第 2 次印刷
书　　号：	ISBN 978-7-5634-9140-7

定　　价：39.80 元

声明：本套丛书所用图片，部分来源于网络，作者不详，因此未一一注明。请作者见到后及时与本社联系。

《喝彩中国》丛书编委会

主　　编：陈顺成
编　　委：安国峰　金永灿　王文良　万　宇
　　　　　徐鹏亮　李凤艳　武玉春　李美善

序

延边大学出版社历来坚持以社会效益引领经济效益，在出版社"十三五"发展规划中，主题出版是其中的重要内容。2018年7月，社领导即部署启动了"庆祝中华人民共和国成立70周年系列丛书"的编辑出版工作。为此，特组织社里的精干力量和优秀作者成立了丛书编委会，并从选题策划、稿件组选、装帧设计、编辑校对、印刷发行各个环节予以指导和重点支持。经过编委会数十次会议讨论，逐步确定了丛书名、封面、版式以及各分册的内容、作者和书名。呈现在读者面前的这套《喝彩中国——庆祝中华人民共和国成立70周年系列丛书》，是延边大学出版社向伟大祖国70华诞献上的一份贺礼。

该套丛书由6本分册组成，分别为：《青春》《奋斗》《自强》《坚守》《卓越》和《辉煌》。

《青春》由延边大学出版社有限责任公司董事长、总编辑安国峰先生领衔编写。选取当代10位青年抗洪英雄、道德模范、辛勤园丁、优秀学子、创业先锋和文化使者的先进事迹，用生动鲜活的语言深情讴歌了他们的进取精神，展现了新时代中国青年的良好风貌。"千磨万击还坚劲，任尔东西南北风。"——青春，风华正茂！

《奋斗》由中国作家协会会员、吉林省残疾人文联副主席李凤艳（笔名李子燕）女士编著。分为创新创造、助人为乐、爱岗敬业、自强不息、见义勇为、维护权益、诚实守信、甘愿奉献、孝老爱亲、创业富民10个主题，选取吉林省近年来各条战线上涌现出的优秀标兵代表，忠实记录了他们在各自平凡岗位上的奋斗历程及其杰出贡献。"大鹏一日同风起，扶摇直上九万里。"——奋斗，鹰击长空！

《自强》由吉林省残疾人联合会党组成员、执行理事会副理事长万宇女士编写。讲述吉林省28位身残志坚的折翼天使和4位热心助残事业者自强不息、勇敢追逐梦想的故事，他们面对人生的挫折，以强者的姿态行进在追梦的路上，以感人至深的事迹完美诠释了"四自"精神，用执着和信念浇灌出自强之花。"万山不隔中秋月，千年黄河复见清。"——自强，海晏河清！

《坚守》由中国共青团河南省新乡市委书记徐鹏亮（笔名步兵）先生创作。通过描写一位农村青年的奋斗历程，全景展示了四十年来新中国农村的发展变迁。其中既有社会思潮的激荡，也有个人经历的起伏；既有城市化进程中的阵痛，也有美丽乡村建设的新貌。主人公从农村到城市、从城市回归农村的经历，代表了当代农民对农业根本和精神家园的坚守。"长城绝顶望乡国，佳气神州日日高。"——坚守，中原北望！

《卓越》由中国经典销售学创始人、亚洲著名营销通路专家王文良先生创作。以真挚、朴实的语言，回顾了作者一路凭借自身的努力，从寒门学子考入北大，经过在数家世界高级跨国公司销售及其高管岗位的历练，最终成长为卓越销售"大师"并成功创立"中国经典销售学"的人生经历。主人公所取得的商业成就，反映了当代中国经济发展的新道路、新模式和新高度。"长风破浪会有时，直挂云帆济沧海。"——卓越，百舸争流！

《辉煌》由延边大学学校办公室主任金永灿先生编写。选取有代表性的典型人物、事件和活动，用白描的手法和简洁的语言，立足经济、科技、国防、民生四个方面，较为全面系统地梳理了新中国改革开放四十年特别是十八大以来新时代所取得的辉煌成就，充分展示了中国共产党带领全国各族人民为祖国强盛和民族复兴做出的巨大贡献。"雄关漫道真如铁，而今迈步从头越。"——辉煌，皇皇者华！

《青春》《奋斗》《自强》《坚守》《卓越》和《辉煌》六个篇章各自独立，同时又紧紧围绕一个共同的主题，即"喝彩中国"——庆祝中华人民共和国成立70周年！70年对于时间长河来说只是弹指一挥间，但对于我们伟大祖国和每一个中华儿女而言，这是一段波澜壮阔的历史，也是一条极不平凡的道路：一条中国人民由站起来到富起来再到强起来的路，一条中华民族伟大复兴实现"中国梦"的路，一条平凡人物改变命运实现自我建设祖国的路。

回首历史，展望未来，我们由衷地为伟大祖国喝彩，为辉煌时代喝彩，为平凡自我喝彩！书中每一位或伟大或平凡的人物、每一个或光荣或特殊的群体，每一组或亮眼或惊心的数据，每一个或激动或揪心的时刻，无不令人心潮澎湃、掩卷遐思。"为有牺牲多壮志，敢教日月换新天。"愿每一位读者能从中感受历史的沧桑、汲取前行的力量，不忘初心，牢记使命，为建设伟大祖国、决胜全面建成小康社会、夺取新时代中国特色社会主义伟大胜利、实现中华民族伟大复兴的"中国梦"增添更为强劲的动力！

本套丛书的策划、编辑、出版工作，得益于相关部门、领导和人员的支持与帮助。值此丛书付梓之际，感谢吉林省委宣传部、原吉林省新闻出版广电局、延边大学等单位领导对我们工作的肯定和支持，感谢延边大学出版社有限责任公司董事长安国峰先生、总经理赵立才先生对本套丛书编辑出版给予的精心指导和大力支持，感谢所有编辑人员和作者的辛勤付出！让我们一起——喝彩中国！

延边大学出版社副总编辑　陈顺成
2019年1月

目录

舍己为民，大爱无私
——抗洪英雄 曹志宇、王岩松／1

少年立志，为国争荣
——少年大学生 王炳宇／33

学以致用，为梦助航
——创新创业青年先锋 刘皓帆／61

以勤补缺，成就理想
——追梦天使 张超凡／83

躬身实践，全面发展
——民族团结践行者 陈 默／109

志愿从教，爱岗敬业
——最美文化使者 蒋文静／133

爱的奉献，孝行天下
——孝老爱亲标兵 肖 霞／157

饮水思源，传承家风
——哈佛演讲第一人 何 江／185

努力拼搏，华丽逆袭
——寒门贵子 王文良／213

舍己为民，大爱无私
—— 抗洪英雄 曹志宇、王岩松

【青春箴言】

　　多年以后，我也许已经从警多年，但我相信，我仍会对工作充满热情，对人民充满感恩，对生命充满敬畏。

2017年7月21日凌晨，吉林省安图县亮兵镇遭受特大暴雨袭击，全镇多个村屯告急，亮兵镇派出所两名90后年轻民警曹志宇、王岩松辗转各村屯帮助转移、安置群众。当二人驾车行至亮兵镇凤栖桥时，桥梁突然垮塌，连车带人坠入布尔哈通河湍急的洪流中。战友们和群众携手，经过12天不眠不休的搜寻，终于先后在7月31日、8月1日找到了两人的遗体，两名抗击洪魔的共和国卫士壮烈牺牲。

舍己为民，大爱无私

青春，多么令人羡慕的字眼儿。

青年时代皎洁如明月，鲜艳如繁花，是人生最绚烂的时光。

美国诗人朗费罗曾这样说："青春是多么美丽！发光发热，充满了彩色与梦幻，青春是书的第一章，是永无终结的故事。"

"永无终结"，这是人们对青春的美好向往，然而并不是人人都能拥有的。就像90后的曹志宇和王岩松，就在他们刚刚怀揣青春理想、展翅飞翔之时，就永远地定格在了"第一章"。

曹志宇身高1米82，高大、帅气。出生于1990年4月，汉族，吉林省蛟河市人，共青团员。2009年12月至2011年12月在北海舰队服役。2011年12月至2015年11月就职于吉林省蛟河市白石山林业局。2015年12月参加公安工作，任安图县公安局亮兵派出所民警，三级警司警衔。2011年11月被评为优秀士兵，并受嘉奖一次。2016年被评为优秀社区民警。

王岩松身高1米75，英气勃勃。出生于1995年2月，汉族，吉林省榆树市人，共青团员。2016年6月毕业于吉林警察学院。2016年8考入安图县公安局，任安图县公安局亮兵派出所民警，三级警司警衔。

身着藏蓝色警服的两名年轻民警具有同样的威严，他们的性格也很相似：热情、阳光、乐观又谦虚有礼。无论是同学还是朋友都喜欢与他们相处，无论是汉族村民还是朝鲜族百姓都用不同的语言说着同样的话："好民警！好孩子!"两个人也很有缘分：同在一个派出所，同居一间寝室，并且床头对床头。男孩子的床铺很简单，没有鲜花和玩具熊，没有缥缈的帷幔和时尚的偶像照片，有的只是独特的阳刚之气，是靠着床边的一把吉他，还有放在床头柜里的3个篮球。工作之余，他们用激情演绎着多彩的青春——打篮球是两个人最喜欢的运动。NBA、CBA赛事精彩纷呈，学生时代的他们就是忠实的球迷。上班后，他们的观点出奇的一致：打篮球并非是高个子的专利，也不是单纯地为了比赛，最主要的是为了强身健体，提高有氧能力；边弹吉他边唱歌是两个人最大的娱乐，他们认为嗓音好不好是天赋，动听不动听是情感态度。虽然不是专业歌手，但他们愿意用真情唱好每一首歌。一时兴起，他们还会将《春天里》《那就这样吧》《怒放的生命》等各种流行歌曲录制成弹唱视频发布到网上。一句句情感真挚的诉说，一个个真实、动人的画面，诠释着他们对生活和生命的热爱。

"也许有一天，我老无所依，请把我留在，在那时光里；如果有一天，我悄然离去，请把我埋在，在这春天里……"现在再听两名年轻民警曾经的轻弹浅唱，就会引起无数素不相识的网友垂泪。如果人生是一本书，我们应该用怎样的标点符号才能为这"第一章"做个精准的标注？如果人生是一首歌，我们又应该用怎样的词曲才能为这两名青年谱写出最适合的乐章？

洪灾来袭，做好迎战准备

安图县是延边朝鲜族自治州下辖县，历史悠久，总人口21万，辖7镇2乡。一方水土养一方人，安图县境内有大小河流88条，主要属于松花江和图们江源头的支流。正是这水系，偶尔会露出狰狞的一面：每年汛期，水量极大，会给百姓带来不同程度的灾难。2017年7月，吉林省遭遇了罕见的持续暴雨天气，降雨导致延边州多地遭受洪涝灾害，部分高铁停运，公路受到了不同程度的破坏和影响。7月18日，延边州气象局发布的一条红色暴雨预警消息在全州百姓的微信朋友圈迅速传播："预计7月19日午后到21日，全州将出现入汛以来最明显的大范围降水天气过程……敦化、安图、汪清、和龙南部将有暴雨，过程降水量为60~90毫米，局部可达100~140毫米……"对于经历过2010年"7·28"特大洪灾的安图县来说，科学部署、强化责任、扎实全面做好防汛抗洪各项工作成了这次迎战的关键。

　　7月18日，安图县将《关于进一步做好防范强降雨工作的通知》转发给各乡镇、社区和防洪工程管理单位，并于当日18时启动全县防汛Ⅳ级应急响应，要求相关责任人于18日21时前到岗履职；7月18日19时，安图县委常委会议专题研究防汛工作，县委、县政府主要负责人要求各乡镇（社区）严格执行24小时值班制度；7月19日17时10分，安图县召开全县防汛工作会议，听取气象、住建、交通、民政等部门的防汛工作准备情况并进行部署；安图县水利局安排3名副局长带领3个工作组，奔赴9个乡镇指导各乡镇防汛抗洪；县直机关党工委发出通知，要求全县民兵应急分队队员做好集结准备工作，保持24小时通讯畅通。自省、州汛情预报以来，安图县相继召开县委常委会、县政府常务会和防指会等6次专题会议，县级包保9个乡镇领导于7月18日全部驻扎一线指挥，县人大、县政协4位主要负责人分赴县城社区组织救灾，各乡镇党委、政府主要领导带领班子成员夜以继日地坚守岗位，各乡镇和有关部门全部进入临战状态。

据统计，为应对抗洪救灾工作，全县储备编织袋26.87万条、木桩91.2立方米、铁线30吨、救生衣486件、柴油机27台、水泵42台、大型钩机1台、冲锋舟1艘，组建防汛抢险队伍13支，召集抢险人员7792人，准备抢险车辆429台。

为了及时发现险情，打一场有准备的仗，从2017年7月18日中午开始，在安图县亮兵镇派出所工作的曹志宇、王岩松已经按照上级部署，奔波在排查亮兵镇全镇村屯防汛隐患的路上。

亮兵镇位于安图县东北部，距县城15公里，东与明月镇为邻，南与福兴乡接壤，西、北两面与敦化市大石头镇为邻（以哈尔巴岭岭脊为界），南北长30公里，东西宽18公里，全镇辖区面积331.7平方公里，占安图县总面积的4.5%，辖亮兵、南沟、东明、河北、会财、风树、古树、碱场、大西、凤栖、新胜、新成、普光、东林、青林等村。亮兵镇河网密集，水流发达，延边著名的布尔哈通河即发源于此，并贯穿南北。境内还有流入布尔哈通河的大小支流3条，分别是新兴河、东明河和大西河，而在大西河上游建有蓄水量达175万立方米的大西水库。

亮兵镇是一个多民族聚居的乡镇，居住着汉、朝、满、蒙古、哈尼、土家等民族和归侨。

亮兵镇因驻地亮兵台得名，辖区原为清朝禁山围场，清末渐有人烟，其中南沟、凤栖、碱场、东明、会财等地开发较早。亮兵台原来叫"晾米台"，传说在清朝光绪年间，珲春遇灾，珲春道台命人从船厂（吉林市）往珲春运粮，当时没有大车道，运粮要用马驮子运，由军队押运。马驮子走到现在的凤栖村与普光村之间时，天降大雨，把粮食和人都淋湿了。不久，雨过天晴，驮粮队看见路旁小山上有个大平台挺宽敞的，考虑到粮食要晾干，人马又需打尖，大伙就把粮食铺到台上晾晒。后来，人们称此地为"晾米台"，离此台不远的地方渐渐聚成了屯落，起名"晾米台"，后音转为"亮兵台"。

曹志宇和王岩松为排查防汛重点隐患，疏散险情区域群众，走访、联系当地村屯干部，圈定防汛重点区域，并有针对性地提前预警。他们行程300余里，走遍了亮兵镇13个行政村、16个自然屯。为及时掌握边远自然屯的第一手情况，在有的村屯遇到不通车的情况时，他们就弃车步行前往，这样到偏远的自然屯来回就是10多公里，两个人的双脚都磨出了血泡。在先期的工作中，两个人与时间赛跑，提醒村民做好暴雨前的准备：检查房屋，如果是危旧房屋或处于地势低洼的地方就应及时转移；提醒大家暂停室外活动，必须外出时应尽可能绕过积水严重的地段；检查电路、炉火等设施是否安全，关闭煤气阀和电源总开关；提前收起露天晾晒物品，将家中贵重物品放到高处；暂停田间劳动，户外人员应立即到地势高的地方或山洞暂避。

他们通过挨家挨户地排查，共排查出险情20余处，提前疏散群众500余人，有效地避免了群众伤亡和经济损失。此时此刻，两名年轻民警牢记的是"确保百姓生命安全"这一人民警察责无旁贷的光荣使命！

用生命诠释忠诚

国家规定，24小时降水量为50毫米或以上的强降雨称为"暴雨"。由于各地降水和地形特点不同，所以各地暴雨洪涝的标准也有所不同。特大暴雨是一种灾害性天气，往往会造成洪涝灾害和严重的水土流失，导致工程失事、

舍己为民，大爱无私 —— 抗洪英雄 曹志宇、王岩松

堤防溃决和农作物被淹等重大的经济损失。特别是给一些地势低洼、地形闭塞的地区带来的危害更为严重。雨水不能迅速排泄会造成农田积水和土壤水分过度饱和，导致更多的地质灾害。暴雨是中国的主要气象灾害之一，除西北个别省、区外，几乎都有暴雨侵袭情况发生。据1950~1999年资料统计，中国平均每年洪涝灾害面积为942.4万公顷，严重洪涝年份农田受灾面积达1300万公顷以上。

2010年"7·28"特大洪灾，造成安图县9个乡镇、150个行政村不同程度受灾，受灾人口达到7万余人。而2017年这场暴雨来得比预想的更猛烈、更凶险。7月19日下午至21日凌晨，百年不遇的洪水袭击了安图县。安图县亮兵镇是暴雨的中心，降雨量高达211毫米。虽然举全县之力预防，但这次洪灾还是出现了洪水漫灌、县城被淹的灾情，洪灾重创了各个乡镇。安图县在灾后进行总结时指出："县城内的布尔哈通河遭遇新中国成立以来最大的一次洪水，这场洪灾是安图县继2010年'7·28'特大洪灾之后出现的又一次重大灾情，覆盖面广、损失惨重，让人触目惊心。"灾情发生后，人们来不及悲痛，马上加入到了救灾队伍中。安图县也紧急启动抗洪抢险应急预案，坚持"生命第一"的原则，首先确保了百姓的生命安全。

7月20日晚，天空像被撕开一个大口子，雨水一下子倾泻到了亮兵镇。各个村屯不断告急，亮兵镇与百年不遇的洪魔进行着最激烈的对抗。在抗洪抢险的危急时刻，曹志宇和王岩松多次主动请缨，要求赶赴最危险的村屯排查险情、转移百姓。

硅石矿屯突发险情，曹志宇和副所长王欣第一时间赶到那里，把20户50余名老少妇孺成功转移到安全地带。晚上19时30分，他们刚刚返回派出所，

突然接到会财村传来险情告急,因河水漫堤,会财大桥桥基被冲坏,随时可能坍塌。这是会财村与外界联系的唯一通道,一旦大桥坍塌,那么全屯的百姓就失去了转移的机会。灾情就是命令,刻不容缓!正在这时,王岩松也从外面办案返回,得知情况后,顾不得坐下来喘口气,就和曹志宇一起再次踏上抢险的征途。

当他们来到会财大桥附近时,发现大桥在不断上涨的洪水冲击下已经岌岌可危。曹志宇、王岩松当机立断,动员村里的青壮年上山砍树,然后和村民们齐心协力,将沙袋连同捆上钢丝的树木投向桥下,有效地阻挡了水流的冲击。他们冒着桥梁随时倒塌的危险,几次跳入齐腰深的洪水中,打木桩加固桥梁两端的桥墩。污浊的洪水裹挟着泥沙、流石和滚木,冲撞着两名民警的身体。他们强忍着伤口的刺痛,拖着受伤的身体在冰冷的激流中奋战了40多分钟。终于,危桥暂时得到加固,村民们通过这条唯一的救命通道,争取到了转移的机会。在曹志宇和王岩松的指挥下,大部分的村民沿着这座危桥顺利抵达安全地带。然而有些行动不便的村民转移缓慢,眼看着洪水更疯狂地冲击着大桥,谁也不敢保证哪一刻会发生坍塌。为了有效加快转移速度,节省时间,两人不顾身上的伤痛,毅然做起"输送员"——或背着,或抱着,或扶着受困群众,在危桥与安置点之间往返多次,不厌其烦地一个接着一个,直到把会财村河岸边低洼处的23户52名村民全部安全转移,无一人伤亡。两个人的体力严重透支,可是看着村民安全了,他们还是露出了欣慰的笑容。但是洪水还在肆虐,他们知道一刻也不能松懈,又迅速在危桥两侧拉起警戒线,防止不知情的车辆和行人通行,避免发生人员伤亡。

时间在不紧不慢地走,洪水却如猛虎般地咆哮!当时钟指向7月21日0

时48分时,又一盏险情红灯亮起——普光村告急!接到上级的转移命令时,60岁的村支书许粉玉实在犯难了:该村是个朝鲜族村,实有人口41户60余人,年轻人大多外出打工了,剩下的基本是60岁以上的留守老人和年幼的孩子,缺少防御洪水的能力,甚至连自保都成了问题。怎么办?回忆起当时的情形,许粉玉热泪盈眶,声音哽咽:"那时大家都已经躺下睡觉了,我就用广播一遍遍地通知,让大家都撤出来。这俩孩子来得特别快,头脑也灵活,真是帮了大忙啊!"

许粉玉所说的"这俩孩子"就是曹志宇和王岩松。当时,他们已经连续奋战了三天,一身的伤痛,一身的疲惫,还有一身湿透了的警服。他们多么盼望暴雨已经停止,洪水已经退去,群众已经安全;多想稍微休息一下,换下湿透的衣服,给家人报个平安。然而,"险情"就是命令,作为一名人民警察,就要听党指挥、对党忠诚、信念坚定,时刻不忘记肩负的使命,确保人民的生命财产安全!曹志宇和王岩松二话没说,再次冲进了风雨交加的夜色中。

21日凌晨1时许,两个人开着警车冲进普光村,闪烁的警灯、刺耳的警笛划破了村庄的宁静。看到两名民警,村支书许粉玉立刻有了主心骨,浑身也充满了力量。然而,之前村支书用广播通知的效果并不好,部分村民认为情况没那么严重,因此不愿意仓促弃家撤离,现在并不清楚险情逼近,估计都在睡梦中呢。曹志宇和王岩松果断决定,为了争取时间,必须挨家挨户去动员。就这样,在许粉玉等人的带领下,他们从距离河边最近的住户开始,逐一转移村民。

此时的普光村电力、通讯已经中断,他们只能摸着齐腰的深水挨家逐户动员搜寻。刺耳的警笛声惊醒了66岁的朝鲜族老大爷朴光旭，老人披上外套正要出门看看究竟，迎面遇到了急匆匆赶来的曹志宇和王岩松。两人一方面怕惊到老人，又不能耽误太多时间，因此在用最温和的态度、最简洁的语言讲明来意后，就将老人搀上了警车。在马东万家，这位82岁高龄的老人腿脚不便、眼神不灵，如果老人自己转移肯定会很艰难，因此曹志宇和王岩松毫不犹豫，小心地把老人抱到车上，送到302国道安全的安置点。

　　由于普光村是朝鲜族村，很多村民只会说朝鲜语，不会说汉语普通话，因此交流就成了障碍。曹志宇还好些，在此工作的年头多，还能用不熟练的朝鲜语简单地交流，而王岩松刚刚到此工作不久，交流很费力。于是，两个人语言、动作、眼神并用，先让村民了解到灾情紧急，随后便不断地催促村民转移："巴利巴利！"（朝鲜语：快点）有的村民虽然听懂了，可依然固执，根本不相信洪水会淹没村子，因此他们恋恋不舍地望着自家的房屋，坚决不肯走；有的村民半信半疑，说撤走可以，但家中有几件值钱的家当，必须回去取来再走。村支书许粉玉急得直跺脚，用朝鲜语催促大家保命要紧。曹志宇和王岩松看说服无效，最后只能"毫不客气"地拉住他们，用有力的臂膀"搀"着他们撤离。

　　暴雨中的村落没有电灯，也没有通讯，孤零零地在风雨中飘摇——不，它并不孤单，因为两名民警与它同在，他俩正在齐腰的深水中挨家挨户认真地搜寻着。幸好，绝大部分村民都安全撤离了，村民的生命得到保障，两位民警的所有付出都值得了！后来，在清点人数时他们意外地发现87岁的朴顺玉老人还滞留在家。老人患有阿兹海默症，一人独自生活，眼见水已经没过地炕，老人露出惊恐万分的眼神。曹志宇来不及思索，迅速将她背在身上，王岩松赶紧在后面托扶,两个人默契地配合着,在夹杂着石块和滚木的洪水中艰难前行了50多米,最终将老人背到安全地点。

时间过了一个多小时,两名民警用手搀、用臂抱、用肩背,村里村外来回奔波了十余趟,直至把所有村民全部转移完毕。而5分钟后,站在安全地带的人们看到惊人的一幕——汹涌的洪水瞬间淹没了地势低洼处的家园,那些平时为人们遮风挡雨的"家"转眼就不见了!村民们后怕不已,有的忍不住哭泣起来,有的则紧紧握住两名民警的手,千恩万谢着:"如果没有你们的帮助,我们连命都没了。"

安顿好普光村的村民,村支书许粉玉留曹志宇和王岩松歇息一下,可两个人不放心会财村的危桥和那边的险情,执意要返回去支援。"有事的时候,一定快点给我们打电话,记住我的号码,6957、6957……"许粉玉怎么也想不到,王岩松临行前叮嘱自己的一幕,竟然成为与他们的诀别。

7月21日2时40分许,两名民警离开普光村。雨势越来越大,洪水几乎漫上302国道,漆黑的雨幕中分不清楚哪里是水、哪里是路。当他们的警车驶上凤栖大桥时,山洪已将部分路段冲毁,长约70米的石拱桥突然坍塌,警车随着崩塌的桥面瞬时被滔滔的洪水吞没。

英雄,我们要带你们回家

7月21日3时许,副所长王欣接到县公安局指挥中心电话,有人发现疑似警车落入水中。王欣立即给两位民警打电话查证,但始终无法和他们取得联系。正在抗洪一线指挥作战的副县长、公安局长金虎哲闻讯后,立即要求亮兵派出所向当地政府汇报，组织人员迅速开展搜救，同时率领精干警力立即赶赴亮兵镇开展搜救工作。

曹志宇、王岩松落水失踪的情况受到有关方面的高度重视，各级领导相继做出批示和指示。

省委书记巴音朝鲁批示："请家福同志全力以赴开展搜寻工作，确保救援民警生命安全。"

省长刘国中批示："请延边州全力搜救，请家福同志安排做好相关工作，如需要即请有关部门同志前往。"

省委副书记高广斌指示："两位民警在抗洪抢险中的突出表现令人感动，要继续扩大搜救范围，尽快找到失联民警。"

省委常委、延边州委书记姜治莹指示："要不惜一切代价，在最短时间内找到失踪民警。"

省委常委、省委政法委书记、公安厅党委书记、厅长胡家福批示："请东柏同志抓紧组织民警、群众开展搜救，全力查找失联民警的下落。请培柱同志前往安图县，转达书记、省长的关爱，统筹指导相关工作。"

省公安厅常务副厅长刘培柱，延边州委副书记、代州长金寿浩，延边州副州长、公安局长刘东柏等领导同志迅速前往搜救现场，要求务必全力搜救失联民警。

7月21日8时许，在出事地点下游约7公里处发现落水警车。经过1个小时的打捞，严重损毁的警车被打捞上岸，车内未发现两名同志。搜救队伍迅速列队集合，这时指挥员才发现，前来参加搜救队的不仅有民警，还有民警家属，以及得到消息的沿线群众，比预计的搜救人员超出了200多人。

15 │ 舍己为民，大爱无私 —— 抗洪英雄 曹志宇、王岩松

搜救两名失踪民警的工作开展以后，安图县的机关民警来了；武警、消防、边防官兵来了；河流沿线各县市公安局及有关部门的搜救人员来了；沈阳市的专业搜救队、白山市的志愿救援队来了；安图县亮兵村、普光村、永庆村、两江村的村民及全州各县市的志愿者都来了。一场全体总动员的拉网式大搜救迅速在布尔哈通河展开。

事发地安图县亮兵镇及其下游明月镇、石门镇等地仍是搜救重点地区。指挥员说："沿事发地往下有可能冲到的河畔、拦水坝都要扒开看，下游六七十公里的河段都要进行搜索，工作会很漫长、很艰巨。"

7月29日7时许，安图县委宣传部微信公众号发布了延边州公安局的启示：为了搜救两名不幸在亮兵镇凤栖大桥处落水失踪的抗洪民警，请沿途龙井市、延吉市、图们市、珲春市4个县市有关部门和群众扩大搜救范围，全力搜救，尤其是从事水上工作的人员积极提供线索信息。对提供有价值线索，并通过线索信息搜寻到失联人员的，公安机关将给予重奖。

经过12个不眠不休的昼夜，60多公里的流域、80多支搜救队伍、万余人次、1500余台次车辆……人们用行动践行着一个心愿："英雄，我们要带你回家！"

7月31日16时48分，在亮兵镇高台村附近，搜救人员终于发现了曹志宇的遗体。8月1日15时45分，又在明月镇龙山村附近，发现了王岩松的遗体。两名90后民警安详地"睡"在布尔哈通河泥沙深处，再也唤不醒了。他们年轻的生命之书被永远定格在抗洪抢险的战场上。

正因为有了这些英雄舍生忘死、舍小家顾大家的精神，安图县在此次救援中，在"抢人、保人"方面取得了决定性的胜利。累计转移受灾人员13746人（其中，集中安置9935人、投亲3811人），抢救围困人员620人，全县

群众零伤亡。

把受灾群众有序地转移到临时安置点后,安图县迅速调拨救灾应急资金,及时调运救灾物资,成立19个医疗分队,积极开展医疗救治,组建4个社区防疫服务站和乡镇防疫工作队,注重灾区防疫,基本保证了受灾群众有饭吃、有干净水喝、有衣穿、有住处、有病能治。

正当踌躇满志要展开人生的图卷时,两位英雄民警却骤然逝去,让无数人为之热泪盈眶、扼腕叹息。很多人含泪走进亮兵镇,探访他们的事迹,见到了曹志宇、王岩松生前的领导、战友、曾经被帮助过的群众、刚刚转移安置的村民和满布皱纹、步履蹒跚的老人……不断有人加入进来,静静地坐在角落里,心里默默地念着:"英雄,我们来了,我们来带你回家。"

履职尽责不分年龄,保民平安没有先后。从警不足两年的曹志宇、王岩松,他们坚守着人民警察的光荣职责,守护着亮兵这片绿色净土,用行动诠释着"立警为公,执法为民"。

粉身碎骨浑不怕,要留忠魂在人间

在同事们眼中,曹志宇和王岩松是两个爱笑、喜欢运动、有礼貌的"阳光男孩"。他们总是用积极、向上的人生态度,感染着周围的人;总是用忠诚、奉献、全心全意为人民服务的价值理念,冲锋在第一线,战斗在最前沿。

时年27岁的曹志宇,曾在北海舰队服役,部队的生活历练了他坚韧不拔、苦中作乐的特质。2015年12月,曹志宇走进警营,并延续了他的优秀品质。他的工作单位地处安图县偏远的山区,那里到处是低矮的平房,曹志宇很快融入了这片土地。他虚心讨教、苦练本事，所里的案子不管大小他都抢着参与，很快脱颖而出，成为所里的业务骨干、局里的业务标兵。2016年，曹志宇被评为优秀社区民警。

2017年7月9日，青林村村民范明珠家丢失了一个女士挎包，里面有平板电脑、手机和部分现金。曹志宇、王岩松前往现场调查取证。因青林村没有安装监控设施，现场也找不到遗留的痕迹物证，当时又正值农忙时节，两人没有得到有价值的线索。但是，循着被盗的手机一直可以接通这个关键点，细心的曹志宇慢慢寻找突破口。他对青林村村民进行了详细走访，了解了村民的生活习惯，列出了几个重点嫌疑对象进行分析，终于在一个刚姓村民家的菜园杂物堆里听到了细微的来电铃声，同时找到了丢弃在房屋角落里的女士拎包和手机，抓获了犯罪嫌疑人，挽回了群众损失。

在19个月的从警生涯中，曹志宇共参与侦破刑事案件26起，抓获犯罪嫌疑人17人，参与查处治安案件59起，查处违法人员65人。

2017年3月12日，亮兵镇一位朴姓老人在杂志上看到一则购物广告：限量版的一等和田玉玺只卖1.4万元。老人信以为真，打电话订购了一枚。等老人拿到货交了钱，才发现玉玺是残次品，根本不值1.4万元，老人大半的积蓄眼看打了水漂。曹志宇听说后，主动找到老人，一边安慰他，一边联系亮兵镇邮政局，希望可以帮助老人退货。但是按照邮政局的规定流程，快递签收打开包装后不能退货。他又找到县邮政局领导说明情况，在县邮政局的帮助下，及时冻结了1.4万元货款。随后，他带领老人赶到县邮政局，帮助老人办理了退货手续。老人握着曹志宇的双手连声说："没有你的帮助，我以后都不知道怎么活呀。"

亮兵镇小学校长叫韩炳信,他跟曹志宇打交道的次数很多。在韩炳信眼中,曹志宇对待工作一丝不苟。曹志宇常到学校进行安全检查,叮嘱做好校园消防等各方面的隐患排查。用韩校长的话说,曹志宇的到来就像学校有了一个安全阀门。有一次,上级单位到学校检查工作,按响了报警器。没想到,曹志宇接到报警一路火速赶来,急忙了解情况。了解情况后,他耐心地向大家讲解什么时候使用报警器,以及怎样使用报警器,他认真、负责的态度感动了在场的所有人。

曹志宇还担任了亮兵镇小学法制辅导员。他非常关心孩子们的成长,在一次法制课堂上,曹志宇发现了一个正上二年级的忧郁女孩儿。女孩儿叫宁宁,父母离异,父亲常年在外打工,宁宁和年迈的爷爷、奶奶一起艰难度日。此后,曹志宇多次利用休息时间去看望宁宁,并给她送去学习用具和生活用品。5月的一天,曹志宇组织班级同学来到宁宁家,为宁宁表演了一台稚嫩却精心的节目。收到这份意外的惊喜,宁宁解开了心结,给了曹志宇一个大大的拥抱。阳光从此照进了宁宁的生活。

72岁的张洪顺老人也对曹志宇记忆深刻。张洪顺与老伴共同生活了20余年,一直没有办理结婚登记手续,无法享受国家的惠农补贴和各种生活补助。听说老人的苦恼后,曹志宇便向老人要了相关材料,协调新城村组织召开了村民代表大会,得到了村民全票通过的证明,随后带着老人到县公安局办理了相关手续,又帮助老两口到婚姻登记处办理了结婚登记,领到了国家补贴。为了两位老人忙前忙后,曹志宇已经有20多天没有回家看望自己的父母了。得知曹志宇牺牲的消息,老人用手抹着眼泪说:"我这么大岁数,办这些事就发蒙,多亏小曹这孩子啊。"

曹志宇发放宣传打盗骗宣传单（中间）。

总要有人为万家灯火负重前行

从 2016 年 8 月入警算起，时年 22 岁的王岩松警龄尚不满一年。在大多数人眼中，这是个尚不谙世事的年纪，他却已承担了众多责任在肩。在微信朋友圈的签名上，王岩松赫然写道："总要有人为万家灯火负重前行。"他，果真就是其中的一员；这，就是一名人民警察的庄严承诺。

所里包括所长在内只有 4 名外勤民警。王岩松到岗后积极钻研业务，尽快从学生的角色转换到警察的角色。他心系百姓、亲民爱民为民，无论从事什么工作、处在什么岗位，始终保持着真心实意为群众办事的宗旨，兢兢业业、认认真真，站好每班岗、干好每件事。

副所长王欣介绍说:"王岩松和曹志宇的办公桌面对面。小王勤学好问,人又机灵,进步很大,很快就出徒能独立办案了。有一次,县局法制大队一位民警问我,你们那里怎么来了一个不会办案的民警?细问之下才了解到,原来是王岩松去局里送案件卷宗,没放过这个难得的学习机会,向那名法制民警问这问那,让对方误以为他根本不会办案。"

在学生时代,王岩松就将"报国荣警、察己修身"的校训铭刻于心。

2013年8月16日,抚松县公安局露水河派出所所长韩培清为解救被洪水围困的群众,被洪水卷走,壮烈牺牲,年仅43岁。听到韩培清烈士的感人事迹,刚刚考入吉林警察学院的王岩松深受感动,他在日记中写道:"韩培清是一位英雄,抚松县的青山绿水将记住他,而我也将会记住他。我是一个崇拜英雄的人,英雄主义情结也让我志愿从警。韩培清是真英雄,我将以他为榜样,成为一名英雄。"王岩松和他所崇拜的英雄有着不同的年纪,不同的经历,但两个人却有着共同的信仰和目标,都是守卫人民的真英雄。王岩松在短暂的生命中,把"人民警察为人民"书写得淋漓尽致。

亮兵镇内共有居民1500户,行业场所46家,部分房屋年久老旧,个别群众和行业业主消防安全意识淡薄,存在一定的消防安全隐患。王岩松有效利用到辖区进行消防安全检查的机会,协助店铺购买灭火器、整修电线线路、疏通消防通道,只要镇内有新的店铺开业,都会主动邀请王岩松给予指导。在他负责消防工作期间,亮兵镇没有发生过一起火灾事故。老百姓都开玩笑地说:"王警官啊,你来到了亮兵镇,比灭火器还好使!"

新胜村村民孙学雷说,他和两位民警在不久前有过接触,两位民警帮了他大忙。2017年7月11日,孙家在山上种植了15年的林下参丢失了近2000

棵，损失价值 3 万余元。王岩松得知，这已经是孙家林下参第二次被盗，而 3 万元的损失是孙家大半年的收入。通过分析案情，王岩松判断偷参贼尝到甜头，肯定还会再来偷参，便决定来一个守株待兔。7 月 13 日起，王岩松、曹志宇带齐装备，来到参地附近开始蹲守。一天过去了，没有动静；两天过去了，还是没有动静。两名年轻的民警没有毛躁，更没有放弃，耐心地坚守着。终于，在第三天早晨 6 点，有两个黑影出现在林下参地，他们打开背包，抡起镐头，疯狂挖参。蹲守在旁边的王岩松、曹志宇很沉着，没有轻举妄动，他们立即报告所里，请求警力支援。等到支援的民警和村民赶到，他们一起对偷参贼形成合围之势。偷参贼疯狂逃窜，王岩松紧追不舍，在一处山坳里将其中一人抓获。

在不到一年的从警生涯中，王岩松共参与侦破各类刑事案件 15 起，抓获犯罪嫌疑人 9 人，查处治安案件 27 起，查处违法人员 31 人。

曹志宇和王岩松 24 小时吃住在所里，不论是否需要，每天都义务值班。用亮兵镇派出所所长尹昌范的话说，他们就像一对亲兄弟，曹志宇的生活里常有王岩松的影子，而王岩松的生活中也缺不了曹志宇的参与。两名先后入警的大男孩用扎实、沉稳的工作态度，让人们对 90 后孩子的印象大为改观。

派出所负责做饭的韩雅仙阿姨，不小心扭了腰，动弹不得，因此请了病假。得知两名民警不幸离去，她为没能给他们做上可口的饭菜而自责不已。在韩阿姨的记忆里，每次她做饭时，两个孩子就在窗边的办公桌前伏案工作。有一次她上班，发现前一晚的饭菜竟然原封未动，她嗔怪两人是否嫌阿姨的饭菜不可口，两人连连解释，说是因为工作到很晚，太累了就睡下了。韩阿姨止不住地流泪："我们的家被淹了，还能建好，田被冲了，明年再种。两个这么好的孩子走了,再也回不来了,我心里难受啊!"

听说曹志宇和王岩松牺牲的消息后,敦化的陈女士特意赶来,流着泪说:"这怎么可能?我还要送锦旗过来,要不是自己母亲一直住院离不开人,我早就过来了,可哪想到再也见不到王警官了……"在不久前,陈女士的哥哥在亮兵镇出了事故,需要调取一些影像和资料,当时年轻的民警王岩松接待了她,帮她处理哥哥的事故。"我对王岩松的印象就是阳光又帅气,很热心。当时他说的话让我印象非常深刻,他说'人命关天是大事''有什么需要第一时间给我打电话'。他及时帮我们处理好了哥哥的事情,我一直想来感谢他。之前在朋友圈看到有民警落水,我还不敢相信是他,真是太可惜了。"陈女士之前给王岩松发过一个感谢的短信,至今还保存在王岩松的手机里。

两位烈士生前合影。

两位年轻的民警牺牲后，普光村村支书许粉玉再也没有笑过，看着手机里曹志宇和王岩松生前的照片和视频，又一次哭了起来，心中充满太多的不舍和心疼："本来想大雨过去，我们做幅锦旗送给派出所，再做点朝鲜族风味小菜给两个孩子吃，没想到就出事了……那天，孩子们转移完群众，跟我挥手告别的那一幕，一闭眼睛就会出现在我的眼前，我的心就像刀割一样疼！"

80多岁的朝侨老人金明淑膝下只有一子，她把王岩松当亲孙子一样，因为王岩松也待老人如至亲。每周，王岩松都利用闲暇时间帮老奶奶收拾屋子，侍弄菜园，送去生活必需品。虽然语言不通，但浓浓的真情就在祖孙俩的一举一动中流转交融。老人得知王岩松失踪的消息后，每天都坐在村口等着，手里拎着已腌制好的明太鱼和朝鲜族咸菜，默默地看着远方拭泪。村民们担心老人的身体，都劝她回去等消息。老人说："我的孙子没有了，他还没吃到我给他准备好的辣白菜，我心里难受啊，我一定要等到他回家！"

王岩松的日记中这样写道："多年以后，我也许已经从警多年，但我相信，我仍会对工作充满热情，对人民充满感恩，对生命充满敬畏。"王岩松落水失踪后，他的母校吉林警察学院也发动他的同学、校友为他的家人进行募捐。"他善良、懂事，多才多艺，之前还帮同学拍微电影，从学校毕业后直接考到这里当警察。听到他的事情后，很多同学都在百忙中赶来。"王岩松在吉林警察学院上学时的中队长侯敏娜，给记者讲述了很多他在学校期间的事情。

法国思想家蒙田说："生命的用途，并不在长短，而在我们怎样利用它。许多人活的日子并不多，却活了很长久。"正如两名90后民警，将短暂的生命化作永不终结的青春，在白山松水间，树起一座高山仰止的巍峨丰碑，凝聚成激励他人的精神力量。

英雄无悔，忠魂永存

2017年8月9日上午，抗洪烈士曹志宇、王岩松的告别仪式和追悼会在安图县体育馆举行。5点30分，安图县殡仪馆内庄严、肃穆，省、州公安部门和安图县党政领导、机关干部以及烈士的亲朋好友等300余人向曹志宇、王岩松两位烈士作最后告别。在低沉的哀乐声中，灵车从殡仪馆出发，在安图县内缓缓而行。灵车经过之处，道路两旁挤满了上万名冒雨前来为英雄送行的人群。他们肃立雨中，与天同泣，就是为了能亲自为早年英逝的英雄送上最后一程。

当天上午9点30分，省委常委、政法委书记、省公安厅厅长胡家福代表省委、省政府，先后慰问了牺牲民警王岩松的家人和曹志宇的家人。10点30分，两位烈士的追悼大会在安图县体育场举行。省委常委、延边州委书记姜治莹，省委常委、政法委书记、省公安厅厅长胡家福参加追悼大会。省委书记巴音朝鲁、省长刘国中向烈士敬献了花圈。

追悼会上，上万名群众来到现场，全场人员肃立、脱帽，向烈士默哀。省公安厅代表宣读了公安部、政治部唁电和省公安厅唁电，省民政厅代表宣读了关于批准曹志宇、王岩松为烈士的决定，团省委代表宣读了关于追授曹志宇和王岩松"吉林青年五四奖章"的决定，很多群众流下热泪。为表彰英雄事迹、弘扬英烈精神，经团中央书记处研究，决定追授曹志宇和王岩松为"全国优秀共青团员"；省委宣传部、省文明办追授曹志宇、王岩松"吉林好人标兵"荣誉称号；追记个人三等功。安图县委、县政府发出向曹志宇、王岩松同志学习的号召。

在布尔哈通河畔，为了让安图人民永远记住两位烈士，安图县委、县政府决定，将曹志宇、王岩松落水牺牲的凤栖大桥作为灾后第一工程重新修建，并从二人姓名中取字为大桥重新命名。

2017年8月10日，位于榆树市东郊的烈士陵园庄严、肃穆，哀乐低回，榆树市为王岩松烈士举行了骨灰安葬仪式。安图县委常委、政法委书记尹东杰，安图县副县长、公安局长金虎哲，榆树市副市长、市公安局局长高广野参加仪式。高广野在仪式上讲到，王岩松烈士是榆树市华昌街道人，牺牲前在吉林省延边州安图县公安局工作。王岩松烈士怀着对祖国、对人民的赤子之情，积极投身于公安事业，充分展示了榆树儿女勇敢、坚毅的精神品质。王岩松把自己的青春、汗水和生命都献给了安图大地，用自己的行动实现了人民警察的铮铮誓言，用自己的生命践行了一个共产党员的理想、信念，用自己的鲜血谱写了一曲壮丽的青春之歌，榆树人民为有这样的英雄而感到骄傲和自豪。王岩松的崇高精神和优良品质，将会成为我们宝贵的精神财富，永远值得我们铭记。

安图县委常委、政法委书记尹东杰代表安图县委、县政府在仪式上讲了话，安图县副县长、公安局局长金虎哲介绍了王岩松烈士生平，安图县民政局副局长赵小刚宣读了烈士证书。肃穆的横幅、洁白的花圈、满眼的热泪，寄托着榆树市广大干部群众对王岩松烈士的无限哀思。人们追忆着王岩松烈士短暂而光荣的一生，全体人员向烈士默哀、献花。安图县民政局、公安局有关领导及民警代表，榆树市公安局、市法院、市检察院、市司法局、市民政局有关领导及机关干部代表，王岩松烈士家属、生前好友和家乡的父老乡亲参加了安葬仪式。

情系百姓不计生死，魂归大地尽付滔滔。曹志宇、王岩松的英雄事迹，在全省各级公安机关和广大民警中引起强烈反响。大家纷纷表示，要向两位英烈学习，传承他们对党和人民无限忠诚的崇高精神，完成他们的遗志。

亮兵镇派出所所长尹昌范说："当群众生命财产遭受威胁时，志宇和岩松在体力严重透支的情况下，仍义无反顾地踏上危途。他们带着没有完成的遗愿走了，留给我们深深的怀念和无限的哀思。我和战友们要秉承他们的遗志，继续真情服务辖区百姓，继续履行好人民卫士的忠诚使命。"

"岩松虽然是90后，但给人的感觉特别扎实、沉稳。他以前在日记中写过'总要有人为万家灯火负重前行'，这句话给我留下了深刻印象。我们人民警察肩上扛着的就是万家灯火，就是百姓对美好生活的向往。我要学习他们恪尽职守、勇于担当的敬业精神，矢志不渝地守护千家万户的安宁，做到干一行爱一行专一行，更好地为人民群众服务。"王岩松生前同事、亮兵镇派出所副所长王欣如是说。

"曹志宇和王岩松用青春和生命诠释了平凡之中的伟大追求，他们的英雄事迹值得每个人学习。"长春市公安局绿园分局民警叶馨说，"虽然英雄已逝，但是他们的精神永存。作为一名警察，我要继续弘扬这种精神，在平凡岗位上贡献力量，表达自己对英雄的缅怀和敬仰。"

吉林警察学院学生高磊说："曹志宇烈士和王岩松烈士用生命挽救了受灾群众的生命财产安全。作为年轻大学生，很钦佩他们的勇气。这种临危不惧和英勇无畏的精神，值得我们学习。"

和曹志宇一样，同为转业军人的敦化市公安局巡逻大队民警王安秋说："为了保护群众生命财产安全，曹志宇、王岩松临危不惧、勇于牺牲的精神让我敬佩。作为一名警察，保护人民生命财产安全是我的责任。我将以两位英烈为榜样，时刻听从党和人民的召唤，用青春热血乃至生命保卫人民、报效祖国。"

白山市公安局新建分局民警刘颖哲说："作为他们的同龄人和基层公安民警，我要学习英烈把百姓当亲人、视群众为父母的情怀，把群众的事当作自己的事，千方百计为群众排忧解难，用热血铸就忠诚，用生命呵护平安。"

图们北站警务区民警杨东利用微信号建立了警民联络群，为沿线居民排忧解难，为群众提供出行指导，为百姓掌握高铁信息提供了便利，广受好评。杨东说，他正是受到了曹志宇、王岩松英雄事迹的鼓舞，决心坚守岗位，发扬两位烈士舍己为民、大爱无私的精神。

吉林省广大民警表示，曹志宇、王岩松是人民的英雄，两位英烈热爱百姓、真情服务，服从领导、听从指挥，训练刻苦、精钻业务，他们是广大公安干警学习的榜样。他们赤诚为民，无私奉献，把宝贵的生命献给了热爱的热土，献给了眷恋的人民。他们的光荣事迹是一曲感天动地、震撼人心的热血赞歌，他们是时代的先锋、社会的楷模、人民的骄傲。

左一：王岩松。

2017年9月12日,《吉林日报》发表评论员文章,全文如下：

用英雄精神激发振兴力量

曹志宇、王岩松两位英雄的事迹感人至深、精神催人奋进。8月25日,省委下发《关于开展向曹志宇王岩松同志学习活动的通知》,再次引起全省干部群众的广泛共鸣和热烈反响,在白山松水间激荡起崇尚英雄、学习英雄的新一轮热潮。

重温两位英雄的感人事迹,我们为之敬仰与动容。两个风华正茂的生命,在保护人民群众生命财产安全的关键时刻谱写了一曲热血赞歌。这不是一时冲动，而是高尚品格的本能反应，是身为人民警察的强烈责任意识的内在驱使，是社会主义核心价值体系的具体体现和真实写照。

曹志宇、王岩松是模范履行"人民公安为人民"神圣职责的忠诚卫士，他们的生命虽然短暂，但精神却永久生辉，树起了一座不朽的丰碑。他们克己奉公、一心为民，苦练本领、敢于担当，夙夜在公、甘于奉献……他们的英雄事迹体现了人民警察的优良作风，更展现了吉林人民的时代风貌。

曹志宇、王岩松两位英雄是我省"两学一做"学习教育生动实践中涌现出来的先进典型，他们的事迹具有极强的榜样力量，是宝贵的精神财富。我们要学习他们心里装着群众、时刻惦记群众的公仆情怀，真正把人民群众利益高高举过头顶，在群众最需要的危急关头站得出来、豁得出去；学习他们刻苦钻研业务、苦练过硬本领的职责担当，干一行、爱一行、精一行，在保一方平安的具体实践中履职尽责；学习他们心有大我、舍生忘死的牺牲精神，有难必帮、有险必救的奉献精神，自觉维护人民群众的利益，在奉献和牺牲中体现人生价值。

在崇尚英雄、学习英雄的同时，更要争当英雄。我们要把开展向曹志宇、王岩松同志学习活动与深入学习领会习近平总书记系列重要讲话精神和治国理政新理念新思想新战略，深入学习领会习近平总书记"7·26"重要讲话精神，深入贯彻落实省第十一次党代会精神结合起来，从现在做起、从自己做起、从本职岗位做起，把自己摆进去，学起来、学进去，找到自身差距，明确前进方向，切实用英雄的力量激励和鼓舞自己、感染自己、鞭策自己，立足岗位尽职责，奋发有为创佳绩。要把学习两位英雄先进事迹与学习廖俊波、黄大年同志先进事迹结合起来,牢固树立"四个意识"、自觉践行"三严三实"要求,争做新时期"四个合格"共产党员。

  当前,全面建成小康社会进入决胜阶段,吉林新一轮全面振兴进入关键时期。我们相信,在开展向曹志宇、王岩松同志学习活动中激发出来的动力必将转化为决胜全面小康、建设幸福美好吉林的强大力量,推动吉林以优异成绩迎接党的十九大胜利召开!

【致人民英雄】

我曾经在书籍中拜读过你。故事中,你是浩瀚大海里的一滴水,用超人的潜力监督着每一次潮涨潮落;每一片贝壳、每一颗砂粒,都要经你反复勘察,认真过滤;每一条船,每一个暗礁,都躲不过你火眼金睛的洗礼。

我曾经在电视上仰视过你。镜头里,你是危难降临时的钢铁卫士,用血肉之躯保护人民的生命财产不受侵袭;抗击灾情,你毫不畏惧,疲惫的身影忙碌奔波于灾区,在没有硝烟的战场上,披荆斩棘。

我曾经在歌声里聆听过你。乐曲间,你是英姿飒爽的激昂旋律,当人们在醉花林中酣息,你披星戴月,历练几多艰难和磨砺;你把自己,飞翔成勇敢的苍鹰,哪怕高山峻岭激流险滩,也绝不放松警惕。

生活中,人们每天都能遇见你。你是城市乡间不变的风景线,在街边巷陌,在每个社区,你在寻访,你在排查,你在跟踪,你在伏击,你在分析案情,你与受害者共呼吸!你在白天,你在黑夜,你把身体跟大地融在一起,你用耐心和责任心,贴紧着父老乡亲香甜的梦呓。

你说,其实你是一条会思想的鱼,在人民群众的爱海里尽情游弋。你的愿望,是让警民关系像鱼和水般亲密;你的信仰,是做擎天的盾牌,驱散所有的阴霾和风雨;你的志向,是站立成挺拔的劲松,用忠诚和无私,守护着白山松水蓝天大地。

少年立志,为国争荣
—— 少年大学生 王炳宇

【青春箴言】

苟利国家生死以,岂因祸福避趋之。

王炳宇，1995年11月生，2009年6月毕业于长沙市第十一中学C068班（艺术综合班），随后就读于西安交通大学少年班。2015年从能源与动力工程学院的"钱学森实验班"毕业，获工学学士学位。现就读于美国德克萨斯农工大学动力机械工程系，直接攻读博士学位。

　　中学时代，品学兼优；大学时期更上一层楼。获2015年全国大学生年度人物入围奖；2014年教育部国家奖学金；2014年全国大学生英语竞赛非专业组特等奖；2014年西安交通大学优秀学生标兵（本科生组）第一名。曾向前来调研的中共陕西省委书记赵正永同志展示交大学子风貌，是西安交通大学具有代表性的湖南学生。

少年立志，为国争荣

2015年是中国大学生年度人物评选的第十年。该项评选活动，是由中央宣传部、教育部、共青团中央、人民日报社共同指导，人民网和《大学生》杂志社联合主办，旨在通过这些榜样，激励更多大学生励志自强、提升素质、奉献社会。在入围的大学生候选名单中，来自西安交通大学的王炳宇引起了社会的广泛关注，他是西安交大师生心目中的"学霸"。

王炳宇，男，汉族，1995年11月出生，中共预备党员，西安交通大学2011级本科生。他是西安交通大学1.5万余名在读本科生中的优秀代表，18岁即获得学校最高荣誉"优秀本科生标兵"（每学年十人），并排名第一。

很多同学刚接触王炳宇时，都会觉得他是个奇葩。王炳宇入学时只有14岁，他的年龄是"钱学森实验班"所有人中最小的，说话语态有几分单田芳的神韵，不管举手投足，还是工作和学习等方面，都会令人产生一丝错觉：他并非是这个年代的年轻人。因为他显得比实际年龄要成熟、稳重，还特别爱唱革命歌曲。背地里，同学们暗自思量着这个"怪人"，而王炳宇却茫然不知，我行我素，自告奋勇地给同学们做高数复习讲座，热心、耐心、细心地给大家讲作业题。听着王炳宇深入浅出的讲解，这回轮到同学们开始"迷茫"了：这个"怪人"到底是何方神圣，所做的一切又是为什么呢？

时间长了，相处久了，同学们慢慢地了解到，王炳宇在少年班西安分部学习时曾经出过数学考试题，崇拜之情油然而生。原来，这个"怪人"真的是"学霸"啊！这以后，经常有人向他讨教，寻求个性化的学习方案。王炳宇说："比起个性化学习方案，更重要的是坚持。大学是养成良好学习习惯的重要驿站，我们可以通过不同的渠道获取知识，但是无论哪种方式，不积跬步无以至千里，不积小流无以成江海。"

钱学森先生曾经说："不要失去信心，只要坚持不懈，就终会有成果的。"正是由于每天坚持学习8小时，毕业时王炳宇的课业成绩才名列能源动力专业热能工程方向全年级第一名，其中8门课程取得满分，3门课程为99分。

面对取得的成绩和头上的光环，王炳宇并没有骄傲。因为，"苟利国家生死以，岂因祸福避趋之"是他的座右铭，更是他终身的理想与奋斗目标。

幸运缘于勤奋

王炳宇是湖南长沙人，1995年11月出生于军人世家，推崇解放军献身使命、无怨无悔的品格，深得少年班老师们的赏识。上小学前，王炳宇是在衡阳外公家度过的。外公、外婆都是老师，从小便有意识培养小外孙，让他养成各方面的良好习惯。从小学到初中，王炳宇的学习成绩始终名列前茅，并年年担任班级的学习委员。王炳宇也是一个时间观念很强的学生，平时知道怎么安排自己的学习和生活，从来没有熬过夜。

2009年3月中旬，从西安交通大学传来消息，湖南共有6名初中学生被该校少年班录取。在大多数人的眼中，这群智力超常的少年大学生被誉为"神童"或"天才"，引起社会的广泛关注，14岁的王炳宇就是其中一位。他因为偶然的机会了解到西安交大少年班，于是被这里开放的氛围所吸引，期待能与其他同学进行近距离交流。

面对媒体的采访,还有众人羡慕的目光,王炳宇的家人用"自学能力强、自控能力强"几个字,道出了他的"成功秘诀"。不仅是在上小学和初中时如此,即使是在参加西安交大的少年班招生考试时,王炳宇也是抱着"试试看"的想法,认为"成功的道路不止一条"。在考试的前一天,他和妈妈还在西安城逛了一天,完全没有那种"如临大敌"的紧张感。

那么,少年班究竟是什么样的模式呢?究竟什么样的少年才俊才能获得这样的学习机会呢?

历史造就了这样一个现实。20世纪80年代初,全国有13所高校竞相开办了"少年班"。如今,"少年班"那"神童"的光环已逐渐消退,全国仅剩下西安交通大学和中国科技大学两所学校在继续开办。全国每年有700多人参加西安交大组织的少年班招生考试,能考上少年班的学生固然是幸运儿,但毕竟只是非常少的一部分。在一些人的眼中,能成为少年大学生的人,肯定都是一些"两耳不闻窗外事,一心只读圣贤书"的"书呆子"。但人们慢慢发现,这些少年大学生并不是那种只读"死书"的书呆子。相反,他们都像王炳宇那样,将学习当成了一件非常快乐的事。

王炳宇作为亲身经历者,他看到有的同学刚进入初中时,只是班上的普通一员,经过不懈努力,成绩很快提高。在不断的自我提升中,找到最适合自己的学习方法:一是多做题,见得多做起来才会轻松;二是及时整理,总结规律;三是劳逸结合,多理解,不死读书。因此,在学习之余,他们还会有时间和精力参加体育锻炼,在运动场上同样有着令人惊讶的表现。

很多初中同学对王炳宇羡慕不已,因为众所周知,通过西安交大少年班的考试,就意味着能"一考免三考",即免去了中考、高考、研究生考试。没有了高考压力,这是多么令人向往的事情!在这里,第一年只用学"纯粹的知识",避免了普通高中一年半的复习和训练考试技巧的课程。正如校方所言,对于这些富有创新能力、智力超常的孩子,考试技巧的训练并不重要,最大的好处是在同样的时间里能学得更多知识。西安交大少年班的教学方式灵活,课余时间多,学生可以研究自己更感兴趣的东西,当然并非完全没有考试,而是不注重考查解题模式。王炳宇初入学时就感觉到,这里是"只考查核心知识的掌握",不像高中那样"一门课几十张卷子",少年班的作业并不多,课程也没有高中紧张。

多么自由、随意的学习方式!然而,大家看到的只是表面,并不知道这种教学模式的内涵。王炳宇年龄虽小,性格却相对成熟,他内心非常清楚,进入少年班并非"一劳永逸",而是对自律、自立、自强更严苛的挑战。而且,进入少年班后更要不懈努力,因为在经过考核合格后,才能进入下阶段的学习。

在最初决定报考之际,王炳宇就认真了解过少年班的"招生规则"。准备这次考试,需要的不仅仅是文化素养,还要有过硬的心理素质。西安交大招生办曾特别指出:笔试成绩并非是录取的唯一依据。为了确保少年班的生源质量,西安交大扩大了面试专家阵容,增加了面试比重,面试成绩占到了总成绩的30%。面试内容除了自我陈述、心理素质和百科知识考查外,还增加了独立与合作创新的考查。在该环节中,考生须独立展示自己动手解决问题的能力,并与其他考生一起运用集体力量完成面试。在面试中,考生还要进行心理、价值观、创造力和逻辑思维测试。

此外,面试专家组成员新增加了两位专家助理,均为导师推荐的优秀学生,一位是研究生，另一位是从少年班升入本科的学生，但他们的打分不记入考生面试分数。这是为了了解专家眼中的人才和学生眼中的人才是否一致。同时，两位专家助理还承担着面试考题和动手材料的准备、分发，作品的测量等任务。让学生参与少年班面试的评价机制，这在全国高校尚属首例。

与此同时，得知考上西安交大少年班后，王炳宇和家长还面临一个两难的选择：一是选择上少年班，将来就读西安交大；二是放弃少年班，继续上普通高中，将来争取考上清华、北大或是国外的名校。凭他的聪明才智，还有勤奋和坚持，将来考取清华、北大也是大有希望的，但那是一种常规的求学方式，需要按部就班地掌握"题海战术"，然后高考那一刻再奋笔疾书，交出一张满意的答卷。接下来是另一种煎熬，等待公布分数、填报志愿，等等。

到底何去何从？在得知成绩后的两周时间里，王炳宇和家人都在讨论这个问题，最后在他的坚持下，去西安交大少年班读书的选择获得了家人的认同。王炳宇对用套路去做题不感兴趣，考试技巧虽然有益无害，但他不想花那么多时间准备。总而言之，他希望珍惜这难得的机会，享受这难得的宽松氛围，在没有高考压力的情况下学习，看自己感兴趣的书，研究自己喜欢的课题。

就这样，2009 年 6 月，王炳宇从长沙市第十一中学 C068 班毕业后，开始整理行囊，于 2009 年 9 月，怀着热切的期待和满满的新奇感，登上了前往西安交大少年班的列车。

青春开始的地方

西安交大少年班，1985 年经教育部批准，在全国范围内招收"少年班"

学生，其目的是进行创新与素质教育教改试点，不拘一格选拔智力超常少年。经过30年的实践与探索，西安交通大学逐步形成了选拔——培养——后续培养的人才培养体系，取得了非常好的效果，一批又一批少年大学生脱颖而出，许多毕业生已在各条战线上为国家的经济建设与社会发展做出了突出的贡献。

可以说，只要能踏进西安交大少年班，就能接受最顶尖的师资教育，感受到美妙的书香茶韵，品味十三朝古都背后的底蕴，就能在学习中不断完善自我，用努力和实力作双翼，在追梦的路上砥砺前行。

少年班预科阶段第一年，王炳宇在西安交通大学附属中学度过。一进校园，他就被催人奋进的校歌所吸引："东海澎湃，黄河激荡。扬起风帆，乘风破浪。风雨征程，源远流长。绚丽校园阳光灿烂，天涯海角桃李芬芳……同学少年，血气方刚。饮水思源，弦歌一堂。爱国爱校，团结进取。积极奋进，求实创新。锦绣前程我们开创。"

浓郁的校园文化让王炳宇瞬间变成一只鸟儿，快乐地找到了自己的天空。他沿着校史的足迹，探寻着西安交大附中的前世今生，发现这里始终不渝地坚持素质教育，重视学生的全面发展和终身成长，倡导"让学生快乐地学习"，努力追求适合每一个学生发展的教育模式，全力"培养有涵养、有责任心、有创新能力、有领袖素养、有国际视野的品学兼优的现代人才"。

王炳宇所在的预科班要进行两年的预科学习，制定有学籍管理、考核管理制度和奖励与处罚制度，总体培养目标是在高中两年时间内，完成高中阶段所设的全部课程和部分大学课程内容的学习。学生在高中毕业时，要掌握高中各学科和部分大学学科的基础知识；具有较好的人文素养和科学素养；具有较强的分析推理、自主学习、综合解决问题和初步研究的能力；达到大学英语四级水平；成为具有良好道德、思想要求上进、基础扎实、能力较强、能适应大学学习、素质较高的高中毕业生。

王炳宇是班级的学习委员，接触最多的老师是数学竞赛主教练陈孝庚老师。王炳宇说，这是在西安见到的第一个具有科学气质的人，陈老师将绝大部分时间贡献给了数学教育事业，平均每天长达13个小时；在培养学生的同时，陈老师"身先士卒"，以身作则，猛攻数学难题。对王炳宇影响最深的是陈老师的理念：成才的秘诀在于两个词——努力与实力。

然而，少年的新奇感来得热烈，淡去得也很迅速，不久便发生了一件"险情"，让王炳宇差点儿退学。如今每每回想起来，他都觉得羞于启齿。事情的经过是这样的：

王炳宇从小对地理学近乎痴迷。2004年前后，北京大学改地理学系为城市与环境学院，王炳宇的家人误认为是北京大学裁撤了地理学系。来到西安交大附中后，王炳宇与高中的同学们一起上课，通过地理老师才知道"北大地理系去哪了"的真相。于是，王炳宇慢慢萌生了一个计划：从西安交大少年班退学，然后报考北大地理系！报考途径，则是利用西安交大附中的学籍，参加全国高中数学联赛，获得金牌或银牌。这样既能为西安交大争光，又可以借此机会"金蝉脱壳"，实现去北京大学的少年梦。

有了这个想法，王炳宇就按捺不住心中的激动，把计划告诉了陈老师。然而，陈老师并没有他想象得那般激动，只是平静地说："有这个参加竞赛的动力挺好的，好好做吧。"王炳宇也不敢再多问，就开始制定学习时间表，开始努力做题，准备参加全国高中数学联赛。

转眼到了11月，为了给王炳宇庆祝生日，父母来到了西安。他兴奋地把自己的计划和盘托出。本以为父母会举双手支持，不料还没等他拿出时间表和执行方案，父母就表示反对他的计划。他们耐心地开导王炳宇做事应该脚踏实地，有始有终，他现在不能退学，必须安心完成当初选择的学业。得不到父母的支持，王炳宇无奈，只好放弃执行这个计划。

2009年11月21日下午，在冬季少有的暖阳中，少年班羽毛球比赛如期而至。羽毛球场上，同学们奋力拼杀，完成了初赛、半决赛、决赛三个赛程。同时，在另一块场地上，篮球爱好者也进行着"友谊第一、竞争第二"的友谊赛。这些活动是学校为了增强学生体质，丰富业余生活而特别举行的。然而王炳宇对这些体育活动一点儿也不感兴趣，因为他那颗被"点燃"的心仿佛已经飞到了北大校园，再也无法平静下来。而原本对交大附中的热爱之情，已经在不知不觉间转为了对校园文化的消极对抗。

12月20日上午，由教科研处陈超君副主任带队，学校2009级少年班54名同学和5位老师一行60人，沐浴着冬日的暖阳，来到了陕西历史博物馆。整个上午，王炳宇随着全体师生参加了考察陕西省历史博物馆的社会实践活动。

在陈主任的安排下，同学和老师分为四个小组，开始了有序、认真的参观、学习活动。陕西历史博物馆是一座国家级综合性历史类大型博物馆，以其丰富的文物藏品成为展示陕西历史文化和中国古代文明的殿堂，被誉为"古都明珠，华夏宝库"。博物馆内陈列的很多珍贵文物、精心制作的沙盘及模型都深深地吸引住了王炳宇。他有时驻足沉思，有时向工作人员询问，因为没有准备相机便借着展台灯光记录着说明文字……在活动中，王炳宇如饥似渴地汲取着知识，他和同学们谈论着历史，思维时常穿越时空，纵贯历史文明，碰撞出智慧的火花。不知不觉,两个小时的活动时间转瞬即逝,但同学们依然兴致不减,不舍离开。在老师的一再提醒之下,他们才意犹未尽地走出了展厅。

展厅外,灿烂的阳光洒满了古城,闪耀在王炳宇兴奋的脸庞上。在师生们的合影里,大家脸上洋溢的笑容定格在那幸福的瞬间,也宣告了这次实践活动的圆满结束!在回程的路上,王炳宇和同学们纷纷表示,希望学校今后能多多安排此类社会实践活动,让他们走出课堂,多学习,多实践,多参与!然而,王炳宇只是对参加少年班的实践活动兴致勃勃,对预科班各科的学习仍旧提不起精神。

2009年12月28日,西安交通大学召开"2009年招生工作总结表彰暨'育英奖学金'颁奖大会",王炳宇和其他6位少年班同学获得了本届"育英奖学金"。西安交通大学"育英奖学金"设立于2008年,用以奖励交大通过自主选拔、保送生单独考试、少年班单独考试等录取的综合素质优秀的学生,以及参加全国普通高等学校统一考试成绩优异的学生。校领导向获奖同学表示祝贺,并向他们赠送礼物,鼓励少年班同学们在附中这一年中努力丰富自己的学习内容,拓展自己的学习方式,开阔自己的视野,取得优异的成绩,成为一个"有涵养、有责任心、有创新能力、有领袖素养和国际视野的品学兼优的现代人才"。

动力来自于鼓励。如果说此前的王炳宇一直"心猿意马",那么本次的颁奖大会和校领导的亲切鼓励,让他的内心真正受到了触动,也令他第一次如此认真地审视自己的现在和未来。学校对他们寄予厚望和关爱,他还有什么理由不珍惜呢?获奖只能代表过去,学生们要立大志刻苦学习,提高科学素养及综合能力,成为真正杰出的人才。

于是，王炳宇终于坚定了信念，要在西安交大完成青春的梦想！期末复习已经开始，之前他没有将全部的精力投入到复习中，那么现在也只能抱着"考试一日游"的态度，去复习自己猜测的重点。他坦然地走进了考场，复习到的自然就能答上，没复习到的，当然就考得不理想。最后考试结果公布，不出他的预料，成绩果然比之前差了很多，各科加权平均只有 89 分。他为之前荒废那么多时间而自责，但也下定了决心要努力赶上！

那个寒假，王炳宇选择留在学校。除了吃饭、睡觉，他大部分时间都泡在图书馆里，看的几乎全是人文社科类书籍。当心情慢慢平静下来之后，他又有选择地看了一些介绍考研、出国留学等方面的书，规划着自己的下一站应该去向何方。

有一天，王炳宇朝窗外的理科楼、东花园、腾飞塔看去，突然觉得学校的风景不知什么时候变美了，虽然此时是寒冬，可是显得春意盎然。都说"境由心生"，他真的明白了这句话的含义，尽管远没参悟出上大学的真谛，但至少已经走出了迷茫和困惑，有了努力的目标。

2010 年 9 月 28 日下午，在西安交大科学馆王炳宇作为少年班的一员有幸参加了由学校承办的"钱学森教育思想研讨会"，聆听了中国科学院戴汝为院士、搜索引擎 Yebol 公司 CEO 兼创始人尹红风博士的报告。

在第一场名为"高山仰止，永为我师"的报告中，戴汝为院士作为钱学森先生的学生，总结了钱学森先生对系统科学、思维科学、人体科学的领先突破和伟大贡献，缅怀了大师非凡的科学成就和严谨、高尚的科学精神。王炳宇认真聆听，虽然对有些专业术语还不甚明白，但还是体会到了大师做学问的广度、深度和宽度。特别是从大师的生活故事中，学习到了大师孜孜不倦、勤恳钻研的工作精神。

"为什么我们的学校总是培养不出杰出人才？"尹红风博士以著名的"钱学森之问"开题，娓娓道出自己对钱学森先生崇高科学追求和人生理想的敬仰，感悟钱学森先生对自己人生和事业的启示。王炳宇从中受到了极大的鼓励，他梦想"仰望星空，追求真理"，以一个科学工作者的严谨作风严格要求自己，做对他人、对社会有益的事。

报告会引起了现场观众的强烈反响，更震撼了王炳宇的心灵。王炳宇决定向钱学森先生学习，他暗暗攥紧拳头——把升入"钱学森实验班"作为短期内最大的目标！他告诉自己，这不仅仅是对家长的交代，对校方的交代，更是对自己当初"选择"的交代，对自己青春的交代！

一段心路历程就是一次人生的成长。预科班二年级下学期，王炳宇变得心平气和，开始认真学习各门课程，虽然不能算扎实掌握，至少是都喜欢。最后，他各门课程考出了平均94.68分的好成绩。这确实是一件难得的事情，他的班主任对此感到很欣慰，而王炳宇自己也比较满意。

2011年6月23日上午，西安交大举行2009级少年班高中毕业证书颁发典礼。各位领导对少年班同学的高中成长过程进行了回顾，并对少年班同学提出了殷切希望。接过校领导颁发的毕业证书，王炳宇心中充满了新的期待。因为在此之前的提前批选专业，王炳宇由于学习成绩突出，已经如愿以偿地升入了西安交大"钱学森实验班"。

践行信念，玉汝以成

一所好的大学会丰富一座城市的底蕴和内涵，赋予它独特的精神气质，在这座城市的发展中扮演着不可替代的角色。才子频出的西安交通大学就坐落在西安古城墙外一公里处唐代皇家园林兴庆宫的对面——唐朝"长乐坊"所在地。作为南洋公学的延续，校园里的每一棵梧桐树都见证着西安交大的历史和变迁。"大树西迁"，筚路蓝缕的风雨历程，让西安交大人创造了值得传承、发扬的精神财富，"胸怀大局，无私奉献，弘扬传统，艰苦创业"。建校百年来，西安交大的杰出校友数不胜数，如蔡锷、黄炎培、邹韬奋、陆定一、钱学森等人，培养出了茅以升、吴有训、吴文俊等200余位中国科学院、中国工程院院士。

"钱学森实验班"开办于2007年，遵循著名科学家、杰出校友钱学森"大成智慧学"的教育理念，按照现代科学技术体系构架实验班课程体系，依托西安交通大学学科优势设置课程。

"钱学森实验班"的学生由优秀的理科保送生、自主选拔优秀生和高考优异生三部分组成，该实验班分为两个小班，学籍由电气学院管理。而王炳宇通过自己的努力成功升入了"钱学森实验班"，接下来的日子里，他即将就读西安交大历史最悠久、学科实力在全国数一数二的能源动力专业。

很多同学对王炳宇的"幸运"表示羡慕，但是王炳宇并没有得意忘形，因为他十分了解"钱学森实验班"的课程架构：按自然科学、社会科学、数学科学、系统科学、思维科学、人体科学、军事科学、行为科学、地理科学、建筑科学和文艺理论等11个科学大部类来设置课程，通俗地说，就是要求学生们成为既通晓天文地理，又擅长琴棋书画的全面型人才。另外，"钱学森实验班"对全体学生实行全程严格淘汰制度，要求学生所有必修课成绩必须达到60分以上，大二时必须通过国家四级英语考试，否则将被淘汰出实验班。

面对严格的淘汰制，身为"工科男"的王炳宇却很有信心，因为数学和英语是他最喜欢的学科，尤其是英语成绩，在理工科大学生中较为突出。而其他的学科，他也非常感兴趣。那么，他需要做的就是勤奋和坚持不懈了。于是，王炳宇像一只不知疲倦的陀螺，在知识的海洋里孜孜以求，并充分发挥数学和英语特长，积极参加各种学科竞赛，很快便脱颖而出，不仅成为"钱学森实验班"的形象代言人，还被誉为学校的小小"新闻发言人"。2011年，他被选送录制中央电视台的节目"实验班的故事"，好读书而又谦逊有礼的形象给观众留下了深刻印象。2013年，他被选送录制湖南电视台"天天向上"节目。诚信品质，优良学风，践行信念，玉汝以成，王炳宇作为"天才学霸"一炮而红，一时间网络上好评如潮，他也成为优秀"工科男"的形象代言人。

面对光环和荣誉，王炳宇并没有迷失方向，他始终把校友钱学森先生作为榜样，坚守心中努力前行的信念，积极参与学校各项活动，志愿服务于其他同学。

2013年6月，全校首个学生学业辅导分中心在仲英书院成立，王炳宇被任命为首任主任。在这里，他创造了一流的业绩，为母校贡献了荣誉，打造了学生朋辈辅导、自主管理的"金字招牌"，在全省乃至全国高校系统中产生了积极影响。2013年12月以来，中共陕西省委书记赵正永、省委常委景俊海、团中央学校部部长杜汇良、教育部高等教育司副司长韩筠等省厅、部委领导同志，以及哈工大等全国12个兄弟高校代表团，先后莅临学业辅导中心参观，并给予高度评价。未来，学业辅导体系还有可能向陕西省几所重点建设高校推广。

王炳宇的特色工作在2013年被列入"团中央学生综合素质提升分层引导项目"成果，并刊登于《中国教育报》专题通讯。两年来，学业中心共滚动招募工作人员41人，辅导志愿者近90人，覆盖大一至大四，可解答20余门课程的问题；每天利用晚自习轮流值班，义务为低年级同学辅导功课，周末也不休息，通过宣传，日均受益10人次以上，并率先开设辅导预约网站、网上视频课堂、"人人"公共主页、微信公共平台；发扬"志愿服务精神与专业技术特长相结合，学风建设与朋辈互助相结合"的精神，影响力遍及全校两个校区的上万名本科生。

优秀、坚持与热爱使王炳宇成为担纲学风建设工作的不二人选，他被学校师生亲切地称为"学风建设急先锋"。

王炳宇的一大特长是解决与讲述困难的问题。王炳宇尤其擅长数学学习，在大学期间学习的7门数学课中，其中5门100分，2门99分，这一成绩在全校工科各专业中都是创纪录的。他先后在少年班、钱学森班和学院试讲过5门课，小习题课、课余讨论班、大复习课等均广受好评。据数学学院老师评价，王炳宇基本达到了本科生对知识掌握的最好程度，而且讲课水平达到了青年教师主讲课程的考核标准。

王炳宇主编的三册工科数学复习资料，均多次汇编、重印。2013~2014学年，仲英书院各专业各个数学基础课程的优秀率普遍提高，不及格率显著下降。无论是与新生同学谈心、传递理想信念，还是与各班学习委员交流工作经验，王炳宇都热情付出，尽力而为。一流业绩的背后，必然是水滴石穿的艰辛。

他曾在一周时间内，为学业辅导工作忙活了30多个小时。

作为"钱学森实验班"的学习委员，王炳宇成为班级的"顶梁柱"。他不但自己刻苦学习，还带领同学们一起努力，积极上进。在全班同学的不懈努力下，他们班级连续三年荣获仲英书院学风优秀班第一名；全班80%以上的同学每学年必修课平均成绩都在80分以上；42名同学成功从本科班毕业，而且在大三期间，没有一名同学因成绩不佳被分流到其他班级，创造了"钱学森实验班"的两个"历史记录"。

在2014年全国大学生英语竞赛中，王炳宇荣获特等奖（非英语专业第一名）；2014年托福考试，他取得了110分的优秀成绩，其中听力、阅读、写作三项均接近满分；在GRE考试中，他取得325分的好成绩，其中数学考取了满分。大学期间，王炳宇的学分成绩为91.7分，8门课程取得满分，其中囊括了大学期间所有数学课。2014年，他又被评为西安交通大学优秀学生标兵第一名。

因为祖辈三代从事革命工作，所以王炳宇从小耳濡目染。2014年6月，他成为中共预备党员，完成了大学中最重要的一次选择，向他的中国梦又迈进了一步。

王炳宇为同学们讲授《数学物理方程》复习课。

不积跬步，无以至千里

少年班制度是著名美籍华裔物理学家李政道教授在 1978 年创立的。但自创立以来就非议不断，可谓仁者见仁、智者见智，甚至有人认为少年班制度无异于"拔苗助长"。那么，各界人士又是怎么看待它的呢？

美国哥伦比亚大学纳米力学研究中心主任陈曦，曾经也是少年大学生，曾获得美国总统青年科技奖。他是 1989 年考入西安交大少年班的。他说，无论国内国外任何领域，年龄优势在竞争中都是很有利的，少年班的学生绝对不是某些人所说的那样，整天过着"拔苗助长"、心理变态的生活。相反，他的大学生活很快乐。陈曦认为，少年班也存在一些需要改进的问题，也不是每个人都能成才，无论家长还是学生，都没必要将期望提高到一个不切实际的高度，事实上成才的因素很多，少年班只是提供了一条相对的捷径而已。

长沙市人大代表、副研究员杜有志认为，让智力超常的少年提前几年上大学，这也是教育公平的体现。教育公平不仅意味着提供教育条件的均衡，也包含着求学者深造机会的均等。对于少数有潜力、各方面表现突出的孩子，与其硬拖着让他们与同伴"齐步走"，不如鼓励他们考入少年班"快马扬鞭"，这才是真正意义上的公平。

　　湖南省教育厅史志办主任胡国强多年来一直在关注和研究我国的少年班制度。他认为，少年班制度贯彻了"因材施教"的教育理念。但社会各界不必对少年大学生过度吹捧，他们绝对不是某些人所认为的"神童"和"天才"，不过是具备某些方面的天赋，比同龄人走得更快一些罢了。作为家长，应充分尊重孩子的个性发展，让其快乐地学习和成长，不要做出一些"拔苗助长"的事，以免误了孩子的前程。

　　对于王炳宇来说，少年班的话题更是不可回避的，曾经有很多次，在不同场合不同的人问他同一个问题：进入西安交大少年班是否后悔过？王炳宇总是很坦然地回答，至今仍为自己能考入少年班而感到自豪。因为少年班使他提前适应了大学生活，不用经历"魔鬼"般的高中岁月，大大提高了他的自主学习能力。当然，也有遗憾的地方，毕竟没有经历高中阶段的生活，缺少了一种人生的体验。

　　关于对少年班及读大学的"真实认识"，2014年大三的时候，王炳宇就在《中国青年报》上分享过感言：

　　写作这篇文章时，我大三，交大5年的生活恍若昨日，历历在目。

　　如今之所以愿意说出这段经历，是因为很多人看励志故事，喝"心灵鸡汤"，都只看到那些成功的人,优秀在哪些方面,却看不到为何而优秀,更看不到克服困难、百折不挠的心路历程。与此同时,我还有些感悟想与大家分享。

回想起陈老师关于"努力"与"实力"的成功秘诀,让我知道一个人真正的实力与外在环境赋予的虚荣,是应当断然分开的。我现在认为,一个人成才的决定性要素有:硬实力——知识与技能;软实力——向上的心态、良好的习惯、正直的品德;潜实力——为国为民奉献的崇高理想,以及愿意奋斗终身、努力不止的坚定意志。这些要素的组合,决定了无论你从事什么行业所能达到的高度。

从考试选拔人才的角度,很可能我不属于西安交大,以世俗的眼光,西迁对于交大招纳人才而言,可以说太不实惠了。然而,就算不谈大我,只谈小我,有的人在社会大学都能成长为栋梁之材,难道在交大就不行吗?

除此之外,我还希望大家不要过分在意选专业及排名制度,更不用计较几千元的奖学金。我校的国家级教学名师罗先觉教授,曾开玩笑说,本科毕业前大家喜欢什么专业方向,都是懵懵懂懂的"假喜欢"。事实上,很少有人特别不适合学习某类专业,对大部分专业的兴趣,都是可以培养的。我认为自己就培养了对能动专业的兴趣,而途径则是将专业与铁道机车车辆联系在一起。

我认为从大二开始,大家就应该在课堂学习之外,树立自己生活的第二个"重心",全面地提高自己,让生活始终处在充实甚至有点忙碌的状态。当然,对于真正的学业"大神",他们完全可以"裸考",不用担心复习时间紧张。因为通过良好的学习习惯、强大的学习能力与平时充分的积累,他们掌握的知识范畴已经远远地超过了考试要求。

作为一个过来人，对于少年大学生的成长，我个人有几点建议，可能并不成熟，权当参考。

体育课和身体素质测验，是通过强制手段、统一标准、固定举措，提高同学们普遍身体素质的重要方式。在高压之下，原本运动能力非常差的我，不仅进一步提高了身体素质，而且学会了篮球、乒乓球等专项技能，军训时也通过苦练克服了顺拐，四肢协调性得以提高。除此之外，我还全面养成了体育精神，爱上了体育锻炼，几乎一天不锻炼都不行。

因此，我建议少年班从预科到本科六年全部开设体育课，还应鼓励少年班同学加入一个体育类社团，特别是对于没有参加任何社团活动，课余学习时间能保证的同学，应要求他们必须参与某类体育活动，培养兴趣爱好。

不应让少年班同学为分数所累，应该将学生从排名中稍稍解放出来。现在每届少年班同学，在同一学期课程中取得的最高平均成绩，基本相近，都高达95分左右。不可否认这是很可喜的。但在这些最优秀同学的带动之下，大批同学可能拼命追求高分，成为了真正"高分低能"的"考试型人才"，甚至连学习型人才都算不上，因为他们除了考试要求的内容之外，不会希望去学更多的知识与技能。

少年班的考试显然不是选拔性考试，而应当是检验性考试。很多时候鼓励学生争取优异成绩，是学风建设的需求，但谁说考80分的同学就比考60分的同学多学到了东西呢？

少年班同学处在青春期，时常想法叛逆。而当班主任老师缺位时，书院辅导员老师承担的担子就很重了，但对于少年班这一特殊群体，他们未必有合理的引导方法。因此，班主任老师和任课老师的品德操行，对少年班学生的人格养成，具有决定性的影响。

说得没错，少年班只是提供了一条相对的捷径，适合的孩子自然会适应，那么他们就从青春萌动时微笑着走向"刚刚好的成熟"。比如王炳宇，还记得14岁那年初入西安交大少年班，由于年纪太小，根本无法达到大学生体质健康标准的要求。但五年半时间，他坚持各种体育锻炼，3000米跑、十公里越野跑、身体核心力量训练，怀着"不抛弃、不放弃"的信念，在2014年校运会的跳小绳比赛上一鸣惊人。

除了身体上的"达标"，王炳宇的内心也愈发丰盈，不断成长。作为班级的学习委员，他主动承担班级的日常工作、擦黑板及教学设施保障，为老师倒水，收发作业，办理教务手续。王炳宇尽职尽责，一做就是四年半。

成绩并不是评价一个学生的全部因素，参加社会实践、科技竞赛、文体活动等方面的考量同样重要。他曾两次拒绝过每小时高达150元讲课费的教师兼职的"诱惑"，而更愿意将同样的时间和精力奉献给可爱的交大同学们。

在仲英书院，每名学生都要参加至少20个小时的志愿服务，并且纳入学分考核。推开一间学业辅导室的门，经常能看到王炳宇与同学讨论问题。同学们亲切地叫他"八爷"，因为他的8门专业课程成绩都是100分。"八爷"是仲英书院"辅导巴士车"的发起人。两年来，他同40多名高年级学习成绩优异的学生一起，每天晚上7点30分准时为大一、大二的学生义务做课业辅导。"八爷"和辅导团队还自编了考试辅导资料、给学生做学习技巧的讲座。秉持志愿服务精神，学校向他发放的讲课费他也全部捐出，用于班级、书院学风建设。款项目前已突破了1500元。

"钱学森实验班"情况特殊，融全校9个工科小专业的优秀同学于一体，学业竞争压力大，多人是所学小专业的第一名。但王炳宇从不"吝啬"，将自己的优质复习资料奉献给同学们,并且还积极关注班级学业困难、落后的同学,尽全力防止"两极分化"现象出现。王炳宇能将全班同学的姓名、学号、所在专业、生源来源地、生日倒背如流,且基本掌握了全班9个小专业的教学要求、课程计划、学习特点,可谓尽忠职守。大四那年,王炳宇不仅荣获了国家奖学金,还被评为万里挑一的陕西省高等学校"岗位学雷锋标兵"。

2015年3月,在毕业设计期间,美国哥伦比亚大学终身教授、清华和西安交大的优秀校友陈曦教授,亲自邀请王炳宇参加访问科研与交流学习。而就在毕业前夕,王炳宇被评为"2015年中国大学生年度人物"。同时,还得到了动力工程专业的世界高水平大学——美国德克萨斯农工大学(TAMU)的硕博连读预录取通知,而该校一般只接受硕士毕业生攻博。如今的王炳宇,已经成功进入美国德克萨斯农工大学,直接攻读动力机械工程博士学位。

为师西方长技,王炳宇出国留学;为铸大国重器,他将回国报效。

他的第一个职业目标,是在七年后入选中组部"青年千人计划"。王炳宇要求自己为祖国健康工作60年!

王炳宇在最美的青春年华里奋力奔跑着。从14岁少年班起步,到今日的满满收获,王炳宇的青春其实刚刚开始,而他更愿意用一生的坚持,奔跑在追梦的路上,诠释"奋斗"与"青春"的意义!"苟利国家生死以,岂因祸福避趋之",回首来时路,王炳宇更清楚地认识自己的目标:继续努力,特别是在科研成果上努力,争取早日成为学科内世界顶级水准的博士生,在异国他乡为母校、为中国动力工程人争光。

少年励志，为国争荣 —— 少年大学生 王炳宇

王炳宇在电视节目中唱红歌。

【致青春年华】

有人说,步入14岁,就走过了孩童时代;走进14岁,就走进了青春韶华。近年来,很多学校都会举行"14岁青春礼",旨在引导步入青春期的莘莘学子深刻认识"青春"的含义,指导他们如何度过美好的青年时光,为其一生发展打下良好的基础。

彼时那年,王炳宇正值14岁,青春萌动的年龄,西安交大少年班犹如一场特殊的"14岁青春礼",为他的世界推开了一扇奇幻自由之窗。

14岁之所以被如此重视,源于心理学家的建议。很多心理学家指出,现在的孩子生理发育提前,心理发育滞后,一个孩子在心理还没有成熟时就要面对生理上的成熟。在青春期这个阶段,青少年进入人性的第二个迅速生长的时期。这时,男女少年们会注意到自己处在渐变之中,逐步产生长大的感觉,在自我意识的支配下,青少年心理上的最明显的变化便是——独立意识、反抗意识增强,有了强烈的自尊心和孤独感。因此,加强青春期的教育和引导,是学校和家长义不容辞的责任,是实施素质教育的要求,是培养青少年健康成长的根本保证。

这个阶段的孩子,要学会适应并度过美好的青春时代。他们正处于生理和心理变化的发展期,面对现实的世界,他们既对生活充满了美好的憧憬,也有更多的困惑,他们的内心需要与现实世界有着巨大的反差。花一样的年龄,梦幻般的季节,也是个纠结的时期,是困惑的年纪。面对外面的现实世界,学生要如何解决青春困惑,把时间和精力都投入到学习中去,从而健康快乐地成长?

致敬美好的青春年华！树立崇高的理想，形成正确的人生观、世界观，完成少先队员向共青团员的过渡，完成少年向青年的转变。

学以致用,为梦助航
—— 创新创业青年先锋 刘皓帆

【青春箴言】

　　每一次幸运的背后，都是不懈的努力和坚持！

作为创新创业的青年先锋，刘皓帆成果突出，累计获得创新创业类比赛奖励 20 余项。

四年间，她锐意进取，笃实钻研，投身创业，热心公益。在未来的路上，她也将继续秉持初心，带着满腔热情与责任感，为祖国的建设燃尽青春，贡献力量。

"在生活中，无论做什么事，都不要害怕吃苦，即使是走了弯路也没关系，因为也能看到不一样的风景。"面对苦难，她总是勇往直前。

学以致用，为梦助航

她是"第十二届中国大学生年度人物"。

她是"创青春"全国大学生创业大赛和首届中国"互联网+"大学生创新创业大赛的国家级金奖得主，曾受到国务院副总理刘延东的亲切接见。由她牵头展开的"周末圆梦大学"公益创业活动，四年间帮扶农民工子女4000余人，获得运营资金超过50万元，受到团中央书记处第一书记秦宜智的高度赞扬。

她和团队创立的车内行公司，是一家以大数据为驱动的多元化汽车业务服务企业，目前估值已达4000万元。

大学四年间的执着奋斗，一千多个日夜的砥砺耕耘，她一路收获，一路成长。

她就是刘皓帆，女，汉族，中共党员，吉林大学管理学院会计学（财务管理）专业2013级本科生。被推免就读于山东大学管理学院2017级会计专业硕士研究生，她的导师就是经济学领域著名的教授刘洪渭。

公益创业的开拓探索

长春市街道宽敞，空气清新，一座座高大的建筑物映衬在"茫茫林海"中，被誉为"森林中的城市"。夏天，柳暗花明，气候清爽宜人；冬天，玉树银花，景色奇妙动人。

2013年，刘皓帆以优异的成绩考入吉林大学管理学院会计专业，吉林大学就坐落在长春这座美丽的城市里。吉林大学是一所教育部直属的全国重点综合性大学，始建于1946年。学校以"学术立校、人才强校、创新兴校、开放活校、文化荣校"为发展战略，奋斗目标是：到2020年建成国内一流、国际知名的高水平研究型大学，接近或跻身世界一流大学行列。刘皓帆就读的管理学院，成立于1955年，是吉林大学唯一的文、理、工相结合的学院，是当时教育部较早批准成立的管理学院之一，在国内重点高校具有一定的影响和地位。

刘皓帆远离家乡，只身来到绿树成荫、花团锦簇的长春，开始了青春的追梦之旅。一进校门，她就被那块帆船状的校训碑上刻写的"求实创新、励志图强"吸引住了。她久久驻足、凝视，仿佛看到吉林大学正如乘风破浪的帆船，披荆斩棘，一帆风顺，勇往直前。从中，刘皓帆更深深地悟出了"她"的精神——以"求真务实、自由民主、开放兼容、隆法明德、与时俱进"为核心的大学精神，正是这种精神令年轻的刘皓帆备受激励。

我国管理学界的前辈杨建元、陈焕友、沈景明、周三多、吴洪、陈松年、赵恩武、蒋葆芳、郑大本等学者都曾经在吉林大学管理学院从事过教学、科研工作。这些前辈、校友的辉煌成就不断地激励着刘皓帆刻苦努力，在学海求知。

透过重重柳帘看旖旎风光，听柳叶风中的浅唱，唱不尽的是莘莘学子对校园的深情。刘皓帆与同学们快乐地学习、生活在一起，每一个夜晚都有美梦，每一天都是崭新的日子。

刘皓帆清醒地意识到，作为一个学生，学习始终是最重要的，没有知识的支撑，谈什么都是毫无意义的。笃实进取是她的一贯作风，正是这种作风让她取得了优异的成绩，考上了吉林大学。然而，她并不想做"书呆子"，她有着超乎常人的敏锐，想做一些"超前"的事情。当校训在心中扎根，一颗种子也悄悄在心中撒播下去，虽然具体思路还不明确，但"与时俱进"的方向却很清晰，指引她要不断探索，试着走一条既创新又务实的自由之路。

入学两个月后，刘皓帆得到了一个喜讯，确切地说应该是全国大学生的喜讯！这一天是2013年11月8日，这是刘皓帆永远难忘的日子！

这一天，习近平总书记向2013年全球创业周中国站活动组委会专门致贺信，特别强调了青年学生在创新创业中的重要作用，并指出全社会都应当重视和支持青年创新创业。

党的十八届三中全会对"健全促进就业创业体制机制"做出了专门部署，指出了明确方向。为贯彻、落实习近平总书记系列重要讲话和党中央有关指示精神，适应大学生创业发展的形势需要，在原有"挑战杯"中国大学生创业计划竞赛的基础上，共青团中央、教育部、人力资源和社会保障部、中国科协、全国学联决定，自2014年起共同组织开展"'创青春'全国大学生创业大赛"，每两年举办一次。

这次创业大赛以"中国梦，创业梦，我的梦"为主题，以增强大学生创新、创意、创造、创业的意识和能力为重点。主办单位分别是共青团中央、教育部、人力资源和社会保障部、中国科协、全国学联等部门，以深化大学生创业实践为导向，着力打造权威性高、影响面广、带动力大的全国大学生创业大赛。大赛将大学生的创业梦与中国梦有机结合，打造深入、持久开展"我的中国梦"主题教育实践活动的有效载体；将激发创业与促进就业有机结合，打造整合资源服务大学生创业就业的工作体系和特色阵地；将创业引导与立德树人有机结合，打造增强大学生社会责任感、创新精神、实践能力的有形工作平台。

看到这个消息后，刘皓帆激动得跳了起来！"中国梦、创业梦、我的梦"，多么美丽的词汇啊！她仿佛看到心中那颗种子被这"春风"一吹，立刻抖擞精神，准备向上生长，并期待破土而出的那一刻！

刘皓帆的创业梦想被点燃了，她告诉自己一刻也不能懈怠，要抓住机会，在最美好的青春年华努力奔跑。刘皓帆经过认真思考，决定组织志趣相投的同学，共同开展公益创业活动。可喜的是，她的想法一经说出，立刻得到了曲然老师和同学们的支持。她和同学一起开展了主题为"周末圆梦大学"的公益创业活动。刘皓帆选择这个主题，不仅是为了圆自己和小伙伴的创业梦，更是要圆那些农民工子女的大学梦。

吉林大学的师生不会忘记，每到周末，总能在校园里看到几十名农民工子女，他们有时在图书馆里认真地阅读书籍，有时在教室里观看刀笔画制作，有时在实验室里参观机器人⋯⋯这批特殊的客人在大学生志愿者的引领下，参与一系列精心设计的大学体验活动。莘子园食堂的"午餐认领"活动声势浩大，孩子们在校园里留下的欢声笑语令人难忘。活动最初，完全是由学生发起和组织的，活动经费也是由学生们自己掏腰包解决，平均每人每天花费30块钱左右，被称为"青年学生想要帮助人的一种情怀"。

"周末圆梦大学"活动针对的是农民工子女的教育问题，刘皓帆认为，这一活动更像是给这些孩子们开了一扇窗，别人使你有了一个奋斗目标从而为之努力，和别人强迫你去努力绝对是两个不同的概念。对于农民工子女而言，他们中的很多人可能根本不能在他们的现实生活中实现这个目标。他们只知道自己应该学习,也许并不清楚自己为什么要学习,学习能给他们带来什么。大学对于他们,可能也仅仅只是一个非常遥远的很模糊的东西。而"周末圆梦大学"这一活动的可贵之处,就在于为他们树立起了信念,这可能比任何物质上的东西对他们的影响都更持久、更深刻。

在活动现场见到孩子们认真体验的样子,师生们被深深地感动了,动情地说道:"他们最不一样的地方,就是他们并没有什么不一样。"在当今社会,仍然有一些农民工子女从很小的时候开始就因为缺少物质条件被标签化,但其实他们只是一群渴望知识的孩子,和普通孩子并没有什么区别。"周末圆梦大学"活动特别注重的一点就是没有必要强调艰难,这也与那些实际上给出这种暗示的物资捐赠活动有着明显的区别。

毫无疑问,这是一支优秀的队伍,最让刘皓帆感到欣慰的就是队员们团结友爱和主动互助的精神。团队的十名成员来自各个年级、各个专业甚至各个校区,是"周末圆梦大学"将他们聚集在了一起,使他们为了农民工子女的梦想,也为了他们自己的梦想共同奋斗。在工作中,他们没有任何一个人在任何一次任务分配时推脱或是拈轻怕重。

2014年,在"创青春"全国大学生创业大赛中,刘皓帆带着"周末圆梦大学"公益创业项目参赛。全体队员齐心协力,在公益创业赛中一路斩获校赛金奖、省赛金奖,并在全国比赛中以小组最高分获得国家级金奖。尽管最后上台比赛的只有四人,但是团队的其他六名队员也没有因此懈怠,而是依然认真准备各种材料,尽心尽力地去帮助同伴。项目长时间的持续也是对成员们的一个考验。学习、考试是他们必须要做的,假期应有的旅行和放松就只能让步于项目的各项工作了。平时大家都忙于学业,彼此之间很少有深入的接触和了解，能在完成项目的过程中与这些优秀的伙伴交流、相互学习，对于刘皓帆来说也是一个很大的收获。

　　在外人眼中，"周末圆梦大学"活动顺风顺水地开办了25期，也夺得过金奖，一切看上去是那么顺利、美好。然而，外人只知这表面的风光，却不知其背后的艰辛与困难。就拿"爱心午餐"环节的志愿者招募来说，尽管已有700多名志愿者报名参与项目，由于并不是其中的每个人都能与具体每期活动时间相适应，就需要活动组织者一个一个打电话确认，以敲定具体人员名单，工作强度不言而喻。而在比赛中，项目团队、老师乃至学校所付出的也是难以想象的。大概从8月份开始，每天下午五点多下班后，参与"创青春"比赛的六个团队一起开会讨论，几乎没有在晚上十点以前结束的情况。而在最后的比赛场上，提及自己、老师、学校对这一项目所付出的努力，刘皓帆更是几度哽咽。

　　2014年，团中央书记处第一书记秦宜智、团中央书记处书记傅振邦来吉林大学视察时，曾体验了"周末圆梦大学"活动，他们对这项公益活动给予了高度赞扬。现在的"周末圆梦大学"是一个实现了社会化创业的公益项目，是一种自给自足的商业模式。目前已通过商业运营实现了公益项目的持续供血，获得运营资金超过50万元。社会化创业的改革，为项目争取到了吉林省妇联每年30万元的政府购买协议，以及企业15万元的专项支持资金。

　　2015年12月，刘皓帆率领项目组奔赴重庆参加"全国青年志愿服务项目大赛"，获得了国家级银奖，项目所属的吉禾志愿者协会也斩获"吉林省优秀志愿服务组织标兵"荣誉、被中央电视台、吉林日报、人民网等报道多达100余次，产生了良好的社会效益。一方面，受到的关注越广泛就也越激励着活动的组织者将活动越做越好,而且通过新闻媒体的宣传,"周末圆梦大学"这一始于吉林大学的项目可能就会被推广到东北师范大学、北华大学乃至全国其他高校,让更多的农民工子女得到帮助;另一方面,如何在项目扩展的过程中保证项目质量、控制项目内容,也将是"周末圆梦大学"活动团队所要思考的重要问题。

这项由刘皓帆牵头开展的"周末圆梦大学"公益创业项目,迄今已经举办了42期,为4000余名农民工子女开启了新的世界。"周末"很短,梦想却很长,人们期待"周末圆梦大学"更美好的明天。

"周末圆梦大学"团队成员。

汽车后市场"互联网+"尝试

"创青春"带来了巨大的成功，但刘皓帆的脚步并没有停止。一年后的2015年7月，她又开拓了新的天地，与志同道合的小伙伴共同创建了吉林车内行实业股份有限公司。这是吉林省第一家以车主、配件、维修厂三方面大数据开发为基础的汽车后服务公司，它以汽车标准化上门维修保养服务为线下客户接触点，围绕车主需求逐渐搭建包括4S店业务推送、车辆保险、零部件直销等增值业务的综合性车主服务平台。

汽车后市场是指汽车销售以后，围绕汽车使用过程中的各种服务，它涵盖了消费者买车后所需要的一切服务。也就是说，汽车从售出到报废的过程中，围绕汽车售后使用环节中各种后继需要和服务而产生的一系列交易活动的总称。回首创业路，起源是刘皓帆和朋友们发现中国汽车后市场存在缺乏国产知名品牌、外资企业占据较大市场份额等问题。一边是客户对4S店保养品质的追求，另一边又是"排队久、耗时长、费用高"的现状，能不能自己做一个品牌，同时兼顾方便、快捷与经济、实惠呢？一行人开始在这个传统市场的新领域不断探索，摸着石头过河。

万事开头难，初创企业更艰难。如何保证盈利？收费构成主要是150元上门服务费加上顾客线上选择的套餐费用，相比传统汽修行业在配件耗材赚取大量差价，刘皓帆采取配件厂家直销的方式，将省下的中间差价直接让利给顾客。但是这样一来，仅靠150元的上门服务费，连技师的工资都难以负担，更别说公司盈利了。刘皓帆一筹莫展时，有人给她出主意：营销。回归自己的出发点，仔细想想什么是"互联网+"新业态。

正是那些艰辛和坎坷，让刘皓帆飞速成长。从市场调查、客户访谈，到推广方案的具体实施，在客户一次次的怀疑和拒绝中，她明白了什么是"有志者，事竟成"。从租用场地、选购设备、购买办公用品等大大小小事务的奔波与谈判中，刘皓帆理解了什么是"千里之行，始于足下"。经过团队的精诚努力，车内行平台已拥有2000万车主数据库、10万家汽车维修厂信息数据库、阳光德众汽车零部件公司约10万个SKU汽车零部件及供应商数据库。公司在职员工46人，总资产估值达到4000万，可谓成绩斐然。

2015年4月10日，李克强总理视察吉林大学时，对举办中国"互联网+"大学生创新创业大赛做出明确指示。为贯彻、落实李克强总理的重要指示和《国务院办公厅关于深化高等学校创新创业教育改革的实施意见》，教育部会同国家发改委、工信部、人社部、共青团中央和吉林省人民政府联合举办本次大赛，旨在深化高等教育综合改革，激发大学生的创造力，培养、造就大众创业、万众创新的生力军，推动赛事成果转化，促进"互联网+"新业态形成，主动服务经济提质增效升级，以创新引领创业、创业带动就业，推动高校毕业生更高质量就业。

此次大赛由吉林大学承办，以"'互联网+'成就梦想，创新创业开辟未来"为主题。参赛项目主要包括"互联网+"传统产业、"互联网+"新业态、"互联网+"公共服务和"互联网+"技术支撑平台四种类型，采用校级初赛、省级复赛、全国总决赛三级赛制。自2015年5月启动，共吸引了31个省份及新疆生产建设兵团1878所高校、57253支团队报名参加，提交项目作品36508个，参与学生超过20万人，带动全国上百万大学生投入创新创业活动。

2015年10月，经过校级初赛、省级复赛，300支优秀团队入围全国总决赛，经大赛专家委员会评审，最终确定 100 个项目参加全国总决赛现场比赛，大赛最终将决出金奖 30 个、银奖 70 个、铜奖 200 个，从金奖团队产生冠、亚、季军，同时评选出集体奖和优秀组织奖。

教育部部长袁贵仁在闭幕式上强调，这次大赛是根据习近平总书记系列重要讲话精神、李克强总理亲自提议举办的。总决赛前夕，李克强总理又对大赛做出了重要批示。刘延东副总理也对深化创新创业教育改革做出了重要指示。要全面贯彻、落实党中央、国务院决策部署，以提高人才培养质量为核心，以创新人才培养机制为重点，以完善条件和政策保障为支撑，促进高等教育与经济社会紧密结合，加快培养规模宏大、富有创新精神、勇于投身实践的创新创业人才，为建设创新型国家、实现"两个一百年"奋斗目标和中华民族伟大复兴的中国梦，提供强大的人才智力支撑。

袁贵仁部长充分肯定了大赛取得的积极成效。他指出，大赛掀起了大学生创新创业的热潮，进一步凸显了大学生中蕴藏的创新创业热情和生机，进一步明确了大学生创新创业所需的知识和能力结构，进一步坚定了深化高校创新创业教育改革的决心和信心。要认真总结赛事成果，将其回馈到人才培养过程中，以赛促教、以赛促学、以赛促改，努力把这项赛事打造成深化高校创新创业教育改革的重要载体和知名品牌。

在本次大赛中，刘皓帆率领的车内行团队作为吉林省唯一一支代表队一路过关斩将，闯入了全国总决赛，从 30000 多个参赛项目中脱颖而出，斩获国家级金奖和最佳带动就业奖。刘皓帆也因为在大赛中的优异表现成为"互联网+"大赛闭幕式的发言代表，与全国的参赛师生分享收获与感悟。那个时候的感觉难以形容，骄傲、欢乐和激动令刘皓帆有落泪的冲动——因为站在那里，她代表的不是自己，而是吉林大学，她为她的大学感到骄傲。激烈的全国总决赛虽已落幕，但是创业的精彩仍在继续，刘皓帆的梦正散发着醉人的芳香，正如她在闭幕式上的发言："未来会因我们的努力而变得更美好！"

回首参赛以来的这段奋斗之路，每一滴汗水都谱写了他们每个人青春岁月的动人篇章。在"大众创业，万众创新"的浪潮中，刘皓帆走出了一条成功之路，她不是看客，而是创业者中的亲历者。

精彩全面，综合发展

不忘公益的初心，创新创业的探索，刘皓帆的综合素质在丰富的实践活动中愈发突显。

作为吉林大学的优秀学生代表，刘皓帆曾受到国务院副总理刘延东的亲切接见，并单独向她汇报项目内容及获奖感受，得到了副总理的高度称赞。

曾组织吉林大学创业沙龙活动，与中共吉林省委书记巴音朝鲁交流"新常态下初创企业的管理思维"问题。

曾参加吉林省共青团与人大代表、政协委员"面对面"活动,向省人大代表、政协委员建言献策。

曾受邀参加吉林大学第11期"校长有约"活动，并获得表彰。

曾率领团队在吉林大学六大校区进行巡讲。

刘皓帆是中国三星级志愿者，累计志愿服务时长达600余小时。

刘皓帆是2014年国际精英青年领袖峰会参会代表,曾获得长春市"三下乡"社会实践活动优秀个人。

刘皓帆还是吉林大学i.FlameJLU创客空间总经理。

在吉林大学南岭校区12公寓C区，有这么一个地方，把小小的创意变成梦想，让梦想照亮现实不再是奢望，这就是吉林大学i.FlameJLU创客空间。有创业梦想的吉大学子称这里是思想迸溅之地，是思想汇聚之所，是让敢于创新、敢于动手之人孵化梦想之处。200多平方米的面积，创客空间设置了展示厅、工作室、会客室，还有一个专门的服务团队，且免费向师生开放。因孕育出中国首届"互联网+"大学生创新创业大赛金奖"车内行"和银奖"慢性e健康"等创业团队，美名不胫而走。

目前，创客空间已经陆陆续续吸引了近十支创业团队，对接了十个吉林省省级创业孵化器，已经有数家企业进行了三次风投路演，举行了多次高层次的学术交流。创客空间为同学们创新创业提供了讨论、训练的温馨场所。在"互联网+"大赛准备期间，学校领导和老师多次莅临指导项目。这个小天地让人耳目一新——现代感十足的装修风格，绚丽时尚的墙面布置，让人身心愉悦，这里的主题就是"创意无限"，这个房间虽然小，但却是一步一景。在创客空间里，除了可用的普通多媒体、展示墙外，学院更是下了大力气为学生购置了一台超大触摸屏的一体机。不论是创客空间的设立，还是整个空间的规划布置，都只有一个出发点，那就是一切为了学生。

创客空间一角。

刘皓帆是吉林大学管理学院团委秘书长、吉林大学电视台南岭校区副台长。最初，她跟许多初入大学的人一样，有相似的困惑，学习与实践之间究竟如何权衡？刘皓帆最初也经历了一段时间的迷茫，毕竟时间是有限的，选择了一方就意味着放在另一方面的时间减少了，而无论是学习还是实践能力的培养，时间的投入都是必不可少的。后来，她找到了属于自己的道路，懂得了最好的捷径就是比别人多付出的道理。时间就像海绵里的水，挤一挤总会有的，专业知识和实践能力就像左手之于右手，缺一不可，只有二者相互配合，才能达到完美。坚定了心中的选择后，她积极参加学生工作和社会实践活动，任职期间勤恳扎实，广受好评，成功策划各类大型活动及会议80余次，累计参与人数达上万人次，组织电视台新闻、资讯等节目工作100余次。

刘皓帆是吉林大学"十佳大学生",在答谢致辞中,她真诚地说:"是母校为我的学习求知提供了肥沃的土壤,是管理学院为我成长、成才构筑了坚实的平台,感谢老师们的昭昭传道、孜孜诲人,感谢朋友们一路上鼓励陪伴、拳拳情深。回首过去的一千多个日日夜夜,忘不了刘延东副总理温暖的双手,忘不了孩子们清澈的眼神,忘不了一次次举着吉林大学校旗站上最高领奖台的激动与自豪。在未来的日子里,我愿乘长风,破万里浪,秉持求实创新、励志图强的校训,继续勤于学习,甘于奉献,勇于担当!"

刘皓帆还是"吉林大学精英学生"。2016年9月16日,处处洋溢着喜悦与欢腾,中心校区鼎新广场群贤毕至,少长咸集,海内外嘉宾、校友、兄弟院校代表、师生代表等15000余人齐聚于此,共襄建校70周年盛典。刘皓帆作为"吉林大学精英学生"参加此次盛典,并在校庆大会上受到学校的表彰和嘉宾的赞誉。

每一次幸运的背后,都是不懈的努力。回首大学生活,在鲜花与掌声的背后,是刘皓帆付出的心血与汗水。每天睡眠时间极少,几乎牺牲了一切娱乐活动,兼顾学习与项目的压力,等等。然而,刘皓帆却乐此不疲,她认为每一次幸运的背后,都是不懈的努力和坚持,她最大的收获不是荣誉,而是团队间的默契和永不凋零的友谊,是对自己一次更大的洗礼。

不知不觉中,刘皓帆成了很多学子心目中德才貌兼具的榜样,而她却说自己其实只是个平凡、幸运的女孩,她的每一次成长都离不开社会、学校、师长和朋友们的帮助。记得有一次要去武汉参加比赛时,刘皓帆遇到了一些困难。当时,学校团委的老师们及时、妥善地帮她解除了后顾之忧,让她能够全身心地投入比赛,并取得佳绩,这份大爱更坚定了她"立心以天地为责,立命以生民为任"的决心。

"总要有人去做公益，它带给你的成长和改变是巨大的，那份感动我永远都忘不了。有时对我们来说，那可能只是一件微不足道的小事，但对于他们来说，那可能会改变他们的生命，每个人都能成为陌生人不悲伤的力量。"面对一些疑惑的眼神，刘皓帆如是说。这就是她执着公益的理由，在她眼中公益早已成为生活的一部分，那是当代青年应有的一份担当和责任。他们的"周末圆梦大学"活动，集"实践、励志、筑梦、帮扶"为一体，利用周末的时间把农民工子女带入大学校园，通过话剧展演、励志讲座、爱心午餐、科技启迪等活动，使没有条件的孩子们体验大学生活的精彩瞬间。有很多人只知道活动的规模很大，却没想到已经有那么多孩子受益了。困难虽有，好在天道酬勤，曾经的努力在心里慢慢沉淀，成为青春岁月最美好的见证。

其实，每一场比赛给予刘皓帆的不仅仅是最后的奖项，更是这个过程中经历的时光，还有与团队深深的友情，和自己的队友在一起，为了集体的荣誉，更是为了吉林大学而战。

记得"创青春"大赛决赛的前一天是团队里一个小伙伴的生日，大家一起为他庆祝生日。当时小伙伴许的愿望就是希望五个团队都能拿到金奖，没想到第二天愿望真的实现了！年轻的心就是这样无所畏惧，刘皓帆不在乎熬夜加班加点，甚至不怕比赛失败。她要享受成长的过程，要亲密无间的友情，要按自己的心意活得潇洒、自在！

十几个小伙伴，半年的比赛经历，难忘的故事如数家珍。每每想起来，刘皓帆仍觉得很自豪。她相信，队友们一定会永远记得那次全国大赛。当时他们有幸在推介会上进行推介，但是要把之前10分钟的稿子删减为5分钟。

临时删改内容困难非常大，但是他们不怕吃苦，勇于挑战困难。他们发挥齐心协力、团结作战的精神，跟着老师认真地修改稿子、改ppt，重新准备了一份，用最短时间谙熟稿子。第二天一早，他们去华中科技大学推介的时候，遇到了团中央书记处书记傅振邦，他们当时的心情特别激动。因为不久前傅书记来吉林大学时，曾经参加过一期"周末圆梦大学"活动，对大学生志愿活动和公益创业方面非常关注。受到傅书记的鼓励，他们的干劲儿更足了。

刘皓帆比普通大学生更了解志愿服务需要的实践性、公益性和创业性，她认为大学生应该承担起自己的社会责任，社会责任的承担不只是驰骋疆场的建功立业，它也许只是一件有意义的小事。刘皓帆希望带领"周末圆梦大学"团队，扎实地走进孩子心里，在最美的年纪，执梦话天涯。

心中有梦、怀着热情的人即使在黑暗中也能健步如飞，因为她清楚地看到，未来的方向在哪里。

新的征程，扬帆远航

2017年7月，刘皓帆以优异的成绩完成了大学本科四年的学业，并获得了研究生推免资格，保送就读山东大学管理学院会计专业硕士研究生。9月，刘皓帆来到山东大学，保持着原来乐观向上的精神风貌，积极参加学校的各项活动。

2017年10月29日，在山东大学116周年校庆之际，中心校区音乐厅灯光璀璨、歌声嘹亮，举行了盛大的研究生合唱比赛。这次合唱比赛的主题是"青春唱响主旋律·不忘初心跟党走"，刘皓帆荣幸地参与其中。每支参赛队伍在赛前都做了刻苦的练习，精心挑选了参赛曲目，有的以歌颂党和祖国的红色歌曲为主，也有不少展现青春风采的流行歌曲。除了选曲外，各院系在服装、站位、手势、动作、表情上也费了很多心思。有朴素的红军装、华丽的晚礼服，也有特色鲜明的民族风服饰，有各种有特色的站位和队形，也有各种配合歌曲内容而进行的艺术表演方式和表情表达。经过五个小时的比拼，最后刘皓帆脱颖而出，获得最佳指挥奖。

2017年11月18日上午，山东大学（威海）研究生会到山东大学访问，刘皓帆主持了这次交流活动，她以热情的话语、幽默的主持风格博得了大家的好评。两校区研究生会代表就工作中遇到的问题进行了交流和沟通，这个参与的过程让刘皓帆受益匪浅，她对山东大学研究生会也有了更深的了解。刘皓帆认真聆听了大家的意见，并在心里又开始播下一粒种子——在坚持学习和创业的基础上，引领和带动更多研究生同学加入进来，开创更大的辉煌！

作为创新创业的青年先锋，刘皓帆成果突出，累计获得创新创业类比赛奖励20余项。在未来的旅途上，她也将继续秉持初心，带着满腔热情与责任感，为祖国的建设燃尽青春，贡献力量。

生活赋予我们一种巨大的和无限高贵的礼品，这就是青春。青春充满着力量，充满着期待，充满着求知和斗争的志向，充满着希望和信心。是信仰和追求让刘皓帆日以继夜，用青春的执着追逐着梦想。她用实际行动践行着"与时俱进"的创新理念，无论做什么事，都不害怕吃苦，即使是走了弯路也没关系，因为也能看到不一样的风景。

人生没有等出来的美丽，奔跑着的青春才能绽放创新创业的精彩！

【致创新创业】

李克强总理在公开场合发出"大众创业、万众创新"的号召,最早是在 2014 年 9 月的夏季达沃斯论坛上。当时他提出,要在 960 万平方公里土地上掀起"大众创业""草根创业"的新浪潮,形成"万众创新""人人创新"的新势态。此后,他在首届世界互联网大会、国务院常务会议和各种场合中频频阐释这一关键词。每到一地考察,他几乎都要与当地年轻的"创客"会面。他希望激发民族的创业精神和创新基因。

创新创业是指基于技术创新、产品创新、品牌创新、服务创新、商业模式创新、管理创新、组织创新、市场创新、渠道创新等方面的某一点或几点创新而进行的创业活动。

创新是创新创业的特质,创业是创新创业的目标。创新强调的是开拓性与原创性,而创业强调的是通过实际行动获取利益的行为。创新创业是基于创新基础上的创业活动,既不同于单纯的创新,也不同于单纯的创业。因此,在创新创业这一概念中,创新是创业的基础和前提,创业是创新的体现和延伸。

对"大众创业、万众创新"来说,"专业人士"不是天生的,而是在市场历练中培养成长的。"双创"可以促使众人的奇思妙想变为现实,涌现出更多各方面的"专业人士",让人力资源转化为人力资本,更好地发挥我国人力资源雄厚的优势。另一方面,采取包括"双创"在内的各种方式,允许和鼓励全社会勇于创造,大力解放和发展生产力,有助于社会最终实现共同富裕。当前,"大众创业、万众创新"的理念正日益深入人心。随着各地各部门认真贯彻、落实,业界学界纷纷响应,各种新产业、新模式、新业态不断涌现，有效激发了社会活力，释放了巨大创造力，成为经济发展的一大亮点。

一花独放不是春，百花齐放春满园。"双创"中有挑战更有机遇，既会滴下辛勤的汗水，也有望迎来丰收的场景。人们如今所熟知的阿里巴巴等世界级互联网企业，也都是数年前从草根起家，不断坚持创新创业成功的。更为难得的是，各种新兴技术尤其是"互联网+"的快速发展，已经让普通人有了更多的创新创业机会。近年来，宽带网络速度大幅提升、移动通信终端广泛普及、生产管理的自动化程度提高，众筹等新的商业形态有助于形成风险共担、利益分享机制，这让有梦想、有意愿、有能力的人有了广阔的平台施展拳脚。实践证明，在经济面临下行压力的情况下，"双创"为稳增长、防风险、扩就业做出了重要贡献。

"一支竹篙耶，难渡汪洋海；众人划桨哟，开动大帆船。"在全面深化改革的征途上，推进大众创业、万众创新，是中国发展的动力之源，也是富民之道、公平之计、强国之策，广阔前景值得期待。

以勤补缺,成就理想
—— 追梦天使 张超凡

【青春箴言】

如果连我都能过得如此精彩,那别人对生活还有什么抱怨的呢?我们都一样,年轻又善良,全力以赴追求自己的梦想。

张超凡——"一个靠谱的90后",她从4岁开始学习国画、书法,9岁时考取国画专业九级证书,曾获"中华魂全国书法绘画摄影大赛"两枚金牌,全国美术特长生状元,本科、硕士研究生国家奖学金获得者。

她也曾登顶《一站到底》,连克强敌获封"大满贯战神",名符其实的"学霸"。

她是自主创办的艺术培训学校的90后校长,也是支教偏远山区的年轻教师。

命运在她出生时就夺去了她的左臂,却不妨碍她善良乐观、努力坚强,活出自己最精彩的模样。

她用六年的时间深入贫困山区、养老院、部队、幼儿园、各高校进行了全国500余场公益励志演讲。

她用自己的经历感动和激励了无数认识她的人。2016年8月17日,中央电视台一套《焦点访谈》节目播出张超凡专访——《90后:出彩的青春——张超凡》,她被誉为"出彩90后"的杰出青年典型。

以勤补缺，成就理想

她出生时命运就夺去了她的左臂，却不妨碍她善良乐观、努力坚强，活出自己最精彩的模样。她4岁时，开始学习国画和书法，9岁时就取得国画专业九级证书；曾获"中华魂全国书法绘画摄影大赛"两枚金牌，全国美术特长生状元；本科、硕士研究生时获得国家奖学金。

她曾在《一站到底》舞台连克强敌，获封"大满贯战神"。

她自主创办东北三省首家国学书画院，传播中国传统文化，被誉为"90后校长"，也是支教偏远山区的年轻教师。

她是"全国演讲大赛冠军"，用6年的时间深入贫困山区、养老院、部队、幼儿园、各高校，进行了500余场公益励志演讲，蓬勃昂扬青春，用自己的经历感动和激励了无数认识她的人。

她是中共党员，曾荣获"全国向上向善好青年""中国大学生自强之星""中国杰出青年代表""感动吉林十大杰出人物""长春市十大杰出青年""长春市道德模范""长春市五一劳动奖章"等荣誉。她以自己的亲身经历向全国青年传递正能量。

她就是长春市书山学府教育培训学校校长张超凡。她无悔地将青春奉献给了公益事业。在"中国诗词大会"上，主持人董卿盛赞她为"90后励志女神"，中国残联副主席盛赞她具有"超凡的气质，超凡的智慧，超凡的传奇"。2016年8月17日，中央电视台一套《焦点访谈》节目播出张超凡专访——《90后：出彩的青春——张超凡》，她被誉为"出彩90后"的杰出青年典型。

要活出个样儿

张超凡骨子里有一股不服输的劲儿,在她灿烂笑容的背后,有数不清的伤痛。

1992年,张超凡出生的那一刻,上帝将她的左前臂留在了天堂。当医生告诉张超凡的父母——她是一个残疾孩子时,父母既震惊又痛苦。"我们的肢体都是健康的、完整的,从医生那里也得不到合理的解释。"但父母坚信:既然是老张家的孩子,就绝对不会错!他们还给女儿起了一个响亮的名字——超凡。他们希望孩子能超凡脱俗;希望孩子能知道,生活的模样其实取决于自己心中所想的模样。从怯懦到坚强,从渺小到强大,只要拼搏努力,一定会遇见最好的自己。

三岁的时候,张超凡开始意识到自己的左臂和别人的不太一样。上幼儿园时,无论天气多热,小小的张超凡都穿着长袖的衣服。她拼命躲避小朋友们好奇的目光,唯恐他们不小心脱口而出的话会刺痛自己的心。上小学前,张超凡老是皱着眉头。有时候来不及躲闪,有的小朋友会拽着她左边悬空的袖管玩。有的小朋友还会一直追问她:"你怎么没有左手啊?""没有就是没有呗!"被惹怒的张超凡一气之下把小伙伴攮走了。

张超凡很不喜欢照镜子,她觉得镜子里的自己很奇怪,不对称。从小照相,张超凡就知道把身体向左后方倾斜45度,这样就能看不到左臂了。见女儿每天闷闷不乐,皱着小眉头,母亲虽然心疼但无计可施,因为张超凡几乎不与父母交流。

为了让女儿有一技之长,爸爸决定引导张超凡学习国画和书法。1996年,4岁的张超凡开始学习国画,房屋、树林、花园,还有小公主在施展魔法……

她开始用画面表达内心。这些都被妈妈看在眼里。9岁时，张超凡考取了国画专业九级证书，凭借为奶奶祝寿的作品《三千寿》获得"全国中华魂书法绘画摄影大赛"金牌。之后的日子里，即使学业再忙碌，张超凡也从未放弃过画画。

有一次，张超凡无意中听到妈妈向奶奶哭诉："妈，您看咱家超凡也长大了，等我和他爸岁数大了，谁来照顾咱家超凡啊！"扭头跑回屋的张超凡抓起被子趴到床上，眼泪直往下流。张超凡做梦都想拥有一双手，哪怕只有一天也好。这样她就可以左手拉着爸爸，右手牵着妈妈，哼着歌儿走在大街上，让他们去炫耀自己有一个多么优秀的女儿。

后来张超凡得知，妈妈怀上了弟弟，却背着全家人把弟弟打掉了。面对愤怒的爸爸，张超凡紧紧地搂住妈妈，深知妈妈是想把这世界上独一无二的爱留给自己。从那一刻起，张超凡每天都告诉自己："我是超凡，我要活出个样儿来，用阳光与微笑战胜一切！"

生命的奥秘不是拥有，而是存在。小时候，所有正常孩子能做的事张超凡都会去挑战。就像妈妈告诉她的那样："超凡，你本身就是一个正常的孩子，只不过是缺少某些小零件而已。"

上小学后，由于张超凡从小不爱说话，语文老师一度认为她有口吃，是"大舌头"。有一次，张超凡被叫起来朗读课文《春天来了》，结果她一紧张读成了"村天来了"，引来全班同学哄堂大笑。不仅如此，张超凡说自己智力发育得也有些晚，小学三年级时，100以内的数还数不下来。

2000年，为了锻炼平衡能力，在奶奶的鼓励下，张超凡加入了长春市的一个速滑队。接下来的几年里，张超凡剪成平头，穿上轮滑鞋，过着"冰火两重天"的生活。每天保证6个小时的冰上高强度训练,完成5000米长跑、200个仰卧起坐,一个身高只有1.35米的小女孩把这些当成每天的必修课。学习速滑的时候,张超凡和其他孩子一同训练。一开始她根本跟不上,大家跑完10圈体能训练,她才跑了一半。张超凡曾试着让教练给自己"开恩",但没想到教练根本没有照顾她,训练强度一点都没有减少。"其实教练是对的,如果当时的训练打折扣了,以后生活上还有很多事要打折扣。"现在想起教练的严格,张超凡依然很感激。

由于左臂比常人少一截,张超凡在速滑过弯道时不可能像别人一样用手撑地保持平衡,参加训练就比别人多了几分艰难。于是,别人滑2圈,她就滑3圈。3年下来,张超凡已经超过了很多比她大的孩子。幸运的是,队友们都非常善良可爱,都真心待她,不仅经常帮她系鞋带,还组织给她过生日。

在报名参加吉林省速滑比赛时,为了不被分到残疾人组,张超凡故意在棉衣左袖口套上了棉手套,想和正常组的选手一起比赛。最终,她拿到了吉林省大道速滑(少儿组)冠军。直到她站上领奖台,周围人才惊讶地发现——她左袖管里是空荡荡的。全场观众都震撼了,教练抱着她,激动地说:"孩子,你太不容易了,你是我见过最棒、最坚强的孩子!"手握沉甸甸的奖牌,这背后隐含了张超凡多少汗水与泪水,也让她渐渐体会到母亲说过的那句话的含义。

接下来,张超凡又挑战了游泳这个项目。别人使一分劲儿能完成的动作,她就要使十分劲儿。有时候,右臂练抽筋了,她就马上开始练习腿部力量,唯恐因为几秒钟的松懈,就会被别人落下。自此之后,游泳、骑自行车、打篮球——被她征服了,梦想成为她人生的动力,她也荣获了"精神文明运动员"

荣誉称号。

然而，在荣誉面前，张超凡内心又充满无限渴望，她曾在梦中因不会表达而被人误解，委屈得哭醒。她是多么想跟同龄人一起在一个温暖的午后谈天说地，乐得合不拢嘴。能够在大家面前侃侃而谈，收获认可与掌声的愿望如烈焰一般燃烧着她。

当时，同龄人里学习才艺的孩子还不像现在这样普遍，兼具体育和绘画特长的张超凡，初中时开始就崭露头角了。她担任班级的宣传委员，把教室布置成全校最有特点的教室。那时她的语文成绩只能达到及格，语文老师跟张超凡说只要努力一定能考110分。她觉得考110分恐怕不大可能，但语文老师却告诉她："一手好字、一篇好文章、一个好心态，这就是语文考试的秘诀。"

在老师和同学的帮助下，张超凡慢慢敞开心扉，不再死记硬背作文范文，而是将自己的故事写到作文里。一次考试，她写了一篇《尘封的记忆》，亲切动人的文字打动了阅卷老师，当这篇作文被印发给同学们后，班里的每一位同学都被深深地感动了。这让超凡意识到，原来分享自己的故事也是件很好的事情，能让读者感动，获得激励。这次的经历让张超凡"转型"成了一个很自信的孩子，她已经明白了如何战胜困难。她的作文写得越来越好，多次被当作范文印给同年级的同学。学校还专门为张超凡设立了"顽强拼搏奖"。因为坚持运动和练习画国画，张超凡开始把笑容挂在脸上，微笑也成了她独有的魅力。

2008年，张超凡以582分（满分600分）的成绩考入省重点高中，却在高二时"任性"地选择艺考，此举受到了大多数人的质疑。"我始终认为专业不分贵贱，只要将热爱做到极致，都是最优秀的战士。"回顾那段日子，每天早上9点开始练习，凌晨3点才结束，只有4个小时的睡眠时间，可她还要再挤一个小时出来复习文化课，这就是后来被张超凡戏称"魔鬼训练"的日子。

到了张超凡该上大学的时候，张超凡的爸爸愁得连头发都白了：大学不比高中，会不会拒绝残疾孩子呢？等待通知书的日子里，张超凡经常会偷偷地抹眼泪。在焦急的盼望中，终于有一天，一个电话打破了沉寂，张超凡飞奔到学校，颤颤巍巍地打开了大学录取通知书，眼泪"哗"地一下就流出来了。

"成功永远不会辜负有准备的人。"张超凡坚持作为美术特长生参加高考，最终以全国总分第一名的成绩考入北京工商大学。

在梦想开始的地方，迎着未来的光，踏上这条漫长的旅程，在无尽的寂寞中奔跑，张超凡依然面带微笑唱歌，寻寻觅觅终于到达彼岸。梦想在这里，开出绚丽的花朵。"面朝大海，春暖花开。"大学——梦开始的地方。

梦想插上翅膀

张超凡的青春真正绽放就是在读大学时。张超凡在内心告诉自己：要用乐观与坚强，用行动将这份爱与真诚传递下去。她相信，用右手撑起一片晴空的梦想，必将融入祖国的复兴之梦，强国之梦！她终会在超凡脱俗中梦想成真。

上了大学后，国家每年给每名残疾大学生补助3000元。张超凡通过自己的努力，成绩一直保持年级第一，被评为2011~2012年北京市"三好学生"，并被授予第二届"诚信中国节诚信宣介大使",获得了2万元的奖学金。只用一年时间,她就攒够了大学四年的学费。

开学不久,迎来了大学盛况空前的"百团大战"招新选拔。各种各样的条幅几乎挂满了校园的每一个角落,还有身着汉服、西服、动漫服饰的学哥学姐坐镇广招英才,那热闹劲儿就像进入了电影中的场景。"会说话,得天下!演讲与口才社欢迎你的加入!"这颇为霸气的口号与整齐的队列,让张超凡忍不住停住了脚步。在学生们的眼神中,张超凡看到了独一无二的自信与笃定,这种自信与笃定如一道光照入她的心中,唤醒了儿时的梦想。她当场就填写完了社团报名表,交了甲级社团的会费,成了一名正式的社员,心想着即将会拥有许多志同道合的朋友。

课业之外,张超凡喜欢参加校内、外各类演讲比赛、辩论比赛以及达人比赛。有一个星期,她拿回来4张获奖证书,舍友直呼"好厉害"。张超凡说,自己在乎的不是荣誉,而是通过参加比赛可以认识更多朋友,找到自己的差距。"一比赛就有学习动力,在自己小圈子里进步太慢了。"

为了多学技能,张超凡经常去清华大学旁听演讲课。她坚持每周一次,坐5个小时的地铁,往返于北京工商大学房山校区和清华大学。听完课回到学校已经是晚上11点多了。

张超凡不是那种只追求"人生意义"的励志青年。据大学好友丁新洲回忆,张超凡是个美丽且热爱生活的姑娘。每两天收拾一次衣柜,每一层会放不同香味的香薰袋;寝室贴墙的壁纸每月更换一次。她会买多种颜色的头绳、发卡,自己梳不同的发型。尽管这些生活细节做起来要比旁人多费些力气,但张超凡说"熟能生巧",就像她单手也能把马尾辫梳得很漂亮一样,她先用右手把头发梳顺，接着把头歪向左边，用右手把头发拢到一起，照照镜子看偏不偏，最后把橡皮筋勾在仅约两厘米的左手小臂上，一圈一圈地缠绕，辫子就梳好了。这就是毅力练就的"熟能生巧"。

2011年，张超凡参加北京工商大学第一次开学典礼，学校邀请北京市优秀宣讲团为新生做入学教育，宣讲者当中的一位残疾运动员引起了张超凡的注意。那位残疾运动员落落大方地站在舞台上，从容地把自己的残缺和奋斗历程讲出来，并且笑对生活，向大家展示着属于自己的独特的美。宣讲者的每一字每一句，都重重地敲击着张超凡的心灵。听完演讲的张超凡，在心里种下了一颗种子。宣讲者的故事让张超凡想到自己，张超凡也想和那位宣讲者一样，站在舞台上，讲述自己的故事，带给台下的听众一些激励和鼓舞。张超凡渴望给更多的人送去一份温暖和祝福。

"士不可以不弘毅，任重而道远。"在以"科技与文化融合，科技与生活同行"为主题的2012年首都大学生科普演讲比赛中，张超凡结合社会生活探讨当代青年与科技发展的密切关系，用充满激情与活力的语言获得了二等奖（总分第三名），与一等奖只有0.12分之差。那时候的她在舞台上虽然表现得很大气，可回来的路上却委屈地哭了。但哭过之后，她告诉自己："不久的将来，我一定会成为最闪亮的那颗星。"

自此之后，张超凡有了新的目标，也收获连连，入选"我的梦·中国梦"首都大学生优秀事迹报告团。乐观、坚强的她用最顽强的毅力创造和守护着自己的梦想，用右手撑起一片晴空，在超凡脱俗中梦想成真。

功夫不负有心人，张超凡参加了世界华人演讲家大同盟、中国演讲协会、高邑县委、县政府联合举办的"中国梦·我的梦"2014年"中国·高邑·千秋杯"全国大学生演讲大赛暨首届全国中学生演讲大赛。张超凡借着这个富有历史使命感的舞台与大家分享自己的感悟："每个人都应该学会迎接痛苦、医治痛苦、化解痛苦，让痛苦钙化，成为我们坚强生命的一部分。都应该珍惜每一个可能的开始，热爱自己生活的全部；不断超越敌意和恐惧去探索新的可能性。"

初赛的选手有200多人，他们不但观点明确而且落落大方，是北京市各个高校的精英，这其中有来自中国传媒大学播音主持系的专业选手，有来自清华、北大的才子佳人，还有来自地质大学的声音雄浑的国防生，等等。在众多慷慨激昂的演讲中，张超凡却以平凡、温暖的小故事让评委耳目一新，最终幸运地直接晋级总决赛。

总决赛的主题叫作"我有一个梦想"，最终成绩由专家评分和大众投票组成。面对这样一篇演讲稿，张超凡凭着超乎寻常的耐心，虽然不敢说字斟句酌，但也算得上用心良苦。印象最深的就是，那一段时间北京总下雨，她顶着迎面而来的雨点冲进图书馆，一个人一写就是一整天。听着键盘被敲击时发出的微弱声音，她心中生出一丝丝成就感。

张超凡将生活中平凡却美好的瞬间编织在一起，用质朴的语言来描绘温暖的画面，把一个独臂小女孩希望用右手撑起属于自己一片晴空的梦想，描绘得唯美动人。情到深处，泪水不自觉地滴落键盘。默默无闻的岁月里，她竟靠着一份热爱坚持到现在。

两周后的总决赛上，张超凡人生中第一次面对数百人演讲。当她说出她的题目《用右手撑起一片晴空》时，台下很多原本听得疲倦的观众瞬时抬起了头，好奇地看着台上的她。当她讲到自小体弱多病的女孩，竟通过魔鬼般的训练成为速滑大赛冠军的，雷鸣般的掌声响了起来。"能够成为爱我的人的骄傲，是我今生最初和最大的梦想。"说到此处，会场安静极了，伴随着唯美的背景音乐《假如爱有天意》，观众的泪花成为最美好的告白。当张超凡讲到结尾时掌声雷动，在场的观众纷纷起立为她鼓掌。

张超凡走下台时，学生会主席给了她一个大大的拥抱，热泪盈眶地附在她耳旁说："超凡，你简直就是一个天使，你是我见过的最美的女孩。"紧接着，一个俊朗的外校选手走到她的面前，彬彬有礼地笑了笑，说道："你好，超凡，我能抱你一下吗？"张超凡点点头，被他抱起在原地转了一圈，她幸福得有点不知所措。

在全国大学生演讲大赛中，张超凡以满分的成绩力压群雄，成为一等奖得主。这场比赛让张超凡一炮走红，校团委计划开展青春榜样报告会，邀请她作为分享嘉宾。慢慢地，学校越来越多的人认识了她："有时候走在学校里，就会有不认识的人跟我打招呼，还有许多人会主动帮助我，虽然都是一些我能做到的事，但我还是很开心。"后来，张超凡被选为北京市"我的梦·中国梦"宣讲团一员，把正能量传递给更多的人。张超凡也有幸到清华大学专门研习语言，清华大学颜永平教授称赞她是"保持大爱之心"的人。

张超凡认为自己存在的意义不是为了让自己过得好，而是让更多人过得好，更勇于发现生活中细小的感动和幸福。下一步，她想走上更大的舞台，用自己的故事温暖、治愈更多的人。

东方维纳斯

2015年10月26日,在江苏卫视一档大型益智类答题真人秀节目《一站到底》的舞台上,最吸引人眼球的,就是有着"不败女神"之称的张超凡。她微笑登场,右手拿着一张国画,左袖里只有一截断臂。她说:"我叫张超凡,来自美丽的北国春城吉林长春。"

张超凡作为首位挑战者,以超凡的实力成为改版后竞速时代《一站到底》第二位"大满贯女战神",当晚节目的收视率也夺得了全网的冠军。在连续守擂两期后,在第三期比赛中她由于身体原因遗憾落败,无缘擂主之位。结果如何并不重要,在知识竞赛中,张超凡高举右手"喊出答案"的姿势让很多人印象深刻。当主持人问她:"你已经获得了奖品,后面失败就会失去一切,你还挑战吗?"张超凡说:"我的座右铭是想要就去争取,我们天生就是战士。我一定要继续。"

张超凡说这个座右铭是受到了尼克·胡哲的启发——那个没有四肢、在全球巡回演讲激励很多残疾人的演讲家。通过后期记者采访得知,原来张超凡在守擂第三期开始的前夕,接到了CCTV2节目组的电话,荣获"最受观众喜爱奖"的她,受到了"十一"特别节目录制的邀请。但如果答应邀请,就意味着她需要在48小时内往返南京和北京,昼夜不休地完成节目录制。

张超凡说:"我应该回去。因为那位导演对我有知遇之恩,也正是他让我从一个小观众竟能钻进电视里,说出自己的梦想。所以,我既然答应过他有需要随时回去,不论成功与否,哪怕是口头的承诺也是承诺,都需要用心去遵守。"于是她凌晨五点赶飞机,到达北京后,连续录制了17个小时节目。

当晋级全国五强后,她竟毫不犹豫地退出了比赛,因为南京守擂同样是一份承诺。一夜未眠的她从基地直接赶往机场,乘早班机飞回南京,可是在高强度的节奏与战绩非凡的对手面前,41个小时未睡的张超凡连错三题,遗憾落败。

对张超凡来说奖金和荣誉都没有信誉重要,做事要对得起自己的承诺,对得起自己的良心。张超凡的美不只在于外表,更在于"言必行,行必果"的真诚与坚持。如今每每回忆起那段往事,张超凡都依然难忘。在她心中,决定去参加《一站到底》,是一个疯狂却无悔的选择,因为《一站到底》的舞台就好似神圣的殿堂,每一个人都熠熠生辉地存在着。

那段备战《一站到底》节目的日子,张超凡几乎一下课就跑到书店,历史、科学、体育等相关书籍通通抱入怀中,直至高度超过了鼻子,才不死心地带到二楼的咖啡厅迅速阅读,看完就立刻换下一批。张超凡回忆参赛时的样子,说道:"因为心中怀有一个高峰,就想拼尽全力做到最好,而在实现的过程中,知识就是奠基石。"

张超凡热爱挑战,想去探寻青春背后的故事,遇见未知的自己。通过自己的不懈努力,她果真变成了梦想中的模样。张超凡一战成名,赢得了179万粉丝的支持与喜爱。有的人羡慕她,觉得生活对张超凡太厚爱了。但张超凡认为,生活对她的厚爱早已开始了。她想把得到的爱传递给和她一样需要被爱的人。记得有一次,张超凡收到一封"85后"妈妈的微博私信。这位妈妈向张超凡倾诉,自己刚满月的孩子先天缺少四指,她在电视上看到张超凡的故事后备感激励,有了迎接未来生活中各种挑战的勇气。

大学四年,张超凡受邀到全国各地做了近500场公益励志演讲。"如果别人需要,我愿意把自己的故事讲给他们听。"她还每周四次到学校附近的普乐园爱心养老院,陪几位患癌症晚期的老人聊天,教老人书法、玩手机游戏。每年春节,普乐园爱心养老院都会贴满张超凡写的春联。"她就像一缕阳光,照亮身边的人,给人如沐春风的感觉。"大学教授田建华说。

回到老家长春后,张超凡还给北京的养老院寄去了几十副春联。"起初我觉得老人需要我,后来发现是我很需要他们。"张超凡说,听完老人讲了各自的人生苦难和经历后,便觉得自己身体上的缺陷微不足道了。

一路走来,张超凡用右手撑起成长的绿茵晴空。2016年,她作为中国青年代表,参加了中央电视台《开讲啦》"五一"特别节目,主持人撒贝宁称赞她为"东方维纳斯"。张超凡在节目中告诉大家:"生活不像我们想象的那么好,也绝不像我们想象的那么差。有时候我们的脆弱和我们的坚强,真的会超乎自己的想象,就看你有一颗多么强大的内心,能够推动着你,做到最好的完美。"

张超凡参加《开讲啦》节目。

让梦想更精彩

2014年夏季，在达沃斯论坛开幕式上，国务院总理李克强首次发出"大众创业、万众创新"的号召。这对怀揣多年创业之梦的张超凡来说，是个不可多得的机会。想跨专业考研，准备学习国画的她，在权衡之下，决定考研和创业同时进行。在张超凡眼中，二十岁的年纪就是用来奋斗的，好好读书为自己拼一个未来，努力工作为社会创造价值。

但创业哪有想象的那么容易，资金、师资储备、生源等形形色色的问题，张超凡全部都遇到了。她一路披荆斩棘，成功创办了东北三省首家国学书画院，成为长春市书山学府教育培训学校的校长。同时，她以总分第一名的成绩考入吉林艺术学院，师从院长朱臣教授，研习写意花鸟专业。

"创业就好像一个海洋，需要经验作帆才能够扬帆起航，虽说风雨之后就会见到彩虹，但是彩虹过后也许还会遇到狂风暴雨，需要我们90后创业者不忘初心，奋力前进。"张超凡说。

2016年8月8日，张超凡作为中国残疾青年创业杰出代表，在第十届品牌中国节开幕式上进行主题分享。自信的笑容，出色的表达，张超凡展现了90后残疾创业青年的风采。

张超凡从大学开始创业，精心设计了学校的装修方案、形象品牌标识、网站推广，制定了办学理念，她要建立一个"有梦想的家"。她的艺术学校主营方向为绘画、书法，设有小学创意思维部、初中兴趣情怀部、高中艺考升学部三个部门，招收热爱绘画艺术的学生。她风风火火地组建了团队，却发现根本招不来学生。很多家长在背后说："这样的小姑娘，自己还需要别人照顾,怎么能教好我的孩子呢?"然而,张超凡没有放弃,在偌大的教室里,即使只来了一个学生,她都会一丝不苟地认真授课。后来,孩子们的画作被家长传到网上,渐渐地,她的学生越来越多。

如今这个"家"每年都会免费培训几个热爱艺术的残疾孩子,其中有两名肢残的学生通过艺术特长考入了市级重点高中,一名患有自闭症的女孩考入了吉林大学。高中艺考部70多名学生,全部通过了吉林省美术联考,并有近三分之一的同学考入中央美术学院、鲁迅美术学院、吉林艺术学院等名校。在教学中,张超凡更加坚信,人生不设限。

2017年9月25日,"砥砺奋进的五年"大型成就展在北京展览馆举行,其中那些大众创新创业者的勇气令人赞叹不已,让人们对美好明天更加充满期待。"创业是一项挑战。近年来,在国家的提倡下,创新创业的氛围越来越浓厚,时代赋予了我们机会,给了我们更多的资源,让我们大胆去创新、创业,这是我们青年人最大的福气。我感恩这个时代,让我能够实现自己的梦想。"在展览现场,张超凡回答记者时说。创业三年,学校的教学面积已达3500平方米,培养了近1000名学生,年营业额超过100万元。回首创业历程,张超凡感慨地说:"现在国家很多政策对年轻人创业起到了很大帮助,比如说大学生可以无利息贷款,这就是不小的支持。由于我是残疾大学生,残联也给了我不少支持,例如提供首次创业扶持资金和一系列创业就业指导等。"

如今的张超凡是周围人眼中的"天使"和"达人",每天出门前,她总会打扮得很精致,脸上挂着灿烂的笑容。她每天忙碌于研究生学业、国学书画院教学管理以及各种社会活动中。同秋日的暖阳一样,她的身上也洋溢着光和亮,暖暖的,让人很舒服。她说,小时候的自己算是个比较内向的人,也是一个很恐高的人，正是因为喜欢美术，才慢慢克服了恐高。回首那些年，她战战兢兢地站在桌子上，拿着粉笔开始作画，常常一画就是好几个小时。渐渐地，张超凡发现同学们都在仰望着她，甚至目露崇拜。也就是从那时候起，她觉得能够站在别人可以仰望的高度是一件特别幸福的事情。

美术给了张超凡很大的自信。初中之后，她更是因为这项特长成了班长，不过是侧重宣传方面的。谈到这里，她俏皮一笑。班主任给了她极大的自由，让她尽情设计。她兴奋地回忆那时候的场景："我记得第一次画的是'乘风破浪会有时，直挂云帆济沧海'。当时，我把同学们参加运动会时戴的白色帽子全部挂在墙上，形成一个风帆的形状，在下面拿一个彩笔画上大海和波浪，上面题词，画了一整面墙。后来，全校老师带着各班的宣传委员过来参观学习，成了我们班的一个景点。"

大学时，张超凡把一批北京的优秀教师吸引回长春，为她的画室增加了不少中坚力量。她常常跟学生们说："我们要有竞争意识，定其高取其中，定其中取其下。梦想总是要有的，万一真就实现了呢！"

录制完《惊喜连连》《一站到底》等节目后，人们发现这个女孩不仅经历励志，还博学多才，很爱看书。同学开玩笑说，张超凡成了网络红人。人们赞叹她的漂亮、阳光、气质，张超凡却对此有着清醒的认识："一个女孩的颜值不等于她的价值，当一个女孩的颜值和她的气质再乘以她的读书、生活、阅历，以及她生活中的爱和期待后，她的总分就很高。美的人太多了，但是可以用其他的系数去乘，这些都可以给你加分。而且，别人看到你的时候，会觉得这是一个熠熠闪光的人，而不是单纯地通过外在修饰而美丽的人。"

阳光如水般倾泻在张超凡的身上，谈笑风生的她，脸上被妆成了一层亮亮的光晕。除了美术，张超凡还擅长演讲、书法，内外兼修的她在多个领域都留下了自己的成长足迹。她说："青春就是去奋斗、去拼搏的。我觉得青春就是要创造无限的可能，发现无限的可能，把各种可能做到一个自己认为的极致。"

凡而不凡

当初，张超凡放弃了北京保研的机会，选择回乡考研并创业，一心致力于发展家乡教育事业，回报社会。2017年，她出版励志畅销书《生活总会厚待努力的人》。"如果连我都能过得如此精彩，那别人对生活还有什么抱怨的呢？我们都一样，年轻又善良，全力以赴追求自己的梦想。"这是张超凡想对所有人说的话。

该书收录了张超凡创作的四十余篇励志随笔，记录了张超凡人生路上各个阶段的重要时间点，让人们感受到一个积极阳光的女孩脚踏实地与自己的理想接轨的人生历程。"成长有时候就是一个孤立无援的过程，你要努力强大起来，才能得到生活的厚待。"作为该书的作者，张超凡代表残疾人感谢省、市残联对残疾人的关爱与支持，现场发表了"不勇敢无以致青春"的主题演讲，动情地讲述了她的成长故事，即便天生"不完整"，她也从不认为自己跟别人不同，她坚强、乐观，活出了属于自己的精彩。

著名画家、吉林艺术学院研究生院院长朱臣曾经称赞张超凡"凡之不凡"：

超凡是来画室学习的学生中年级最小的。瘦小的她由奶奶陪同着，无论刮风下雨，她都会面带笑容地来上课。她总是坐在第一排，坐得很直，就像她画的竹子一样挺立。她的作业完成得特别认真，每次拿来的时候都是厚厚一沓。作业只要往桌上一放，我就知道最高的那一沓一定是她的。超凡在学校学习速滑，东北的冬天特别冷，但小超凡从未有过懈怠……后来，超凡又一次以总分第一的优异成绩，考入吉林艺术学院。从文化课到专业课，每一科都尽心竭力，这让我们真切感受到新一代青年的精诚与进取。除了美术、演讲、书法，内外兼修的超凡在多个领域都留下了自己的成长足迹。

"人的本性就在于知其不可为而为之。"康德的这句话非常适合张超凡。"超凡蜘蛛侠"，一个"乐观、独立、坚强、正能量爆棚的女孩"，她有着无坚不摧的力量，永远都能把危机看成转机，把障碍看作是鞭策和激励！即使不被理解也专注于自己的梦想，并坚信生活会有更大的天地。

张超凡小时候最喜欢的故事是《灰姑娘》，她从书中的人物身上学到一个人最不能缺少的品质是坚强而勇敢、善良而仁慈。有善良的地方，就有美德；有美德的地方，就会有奇迹。她坚持着这样一种信念：目标就像一座高山的顶峰，即使我们天天看着它，但是如果不背上行囊去攀爬，一切有关爬山的故事都不会发生，一路上美丽的风景也将与我们无缘。正如张超凡在自己书中所说："如果说，你还在寻找你的位置或是追逐的方向，其实方法很简单，想想你是否曾像张超凡那样，疯狂地渴望做成一件事，并且这份热忱并没有因为时间的流逝而减少，每当想到成功时的模样你就会微笑。如果有，这便是梦想，梦想的方向就是你应当追寻的远方。"

"每到一个城市，如果下雨，我一来天气就转晴了。所以我觉得我是'太阳神',阳光又幸运。"张超凡总是这样乐观。2017年世界读书日,张超凡携新书亮相北方图书城歌德书店,与读者交流、分享阅读心得。她告诉读者朋友们:"永远不会辜负自己的就是知识,我很享受一个温暖的午后,泡一杯咖啡捧一本书的日子。生活节奏太快,阅读可以让自己沉淀下去,会让自己的心更踏实。"在她心中,最真实的自己是一个喜欢挑战的女孩,她说道:"很多人认为90后是玩世不恭的一代,其实我们很靠谱,我会努力让生活更有意义,做个努力又幸运的姑娘,永远前行。"

以前,张超凡认为自己是励志残疾人的代表。现在,她说自己代表有梦想并敢于实现的年轻人。有一次,她参加一档竞猜答题节目,她穿着白色衬衫和花色裙子站在舞台中央,展示了青春励志的形象。"感谢不幸,让我学会了迎接痛苦、化解痛苦,最终变成生命前行的动力。"张超凡笑着说。青春、梦想最是激荡人心。获得了时代馈赠的张超凡想要告诉每一位年轻人,不要向命运低头,让我们搭上时代列车,绽放青春。如今,她创办的学校解决了20多个大学生的就业问题,其中包括3名残疾人。就在最近,她还成为吉林省的创业导师,她要把自强不息的精神传递给每个同龄人。

在张超凡身上,真诚与阳光是天然的高贵品质。曾作为"第二届诚信中国节诚信楷模与宣介大使"的张超凡,回忆起当时参与的情形仍然十分激动。记得当时参与评选首都诚信楷模的学生众多,她的朋友提议考虑一下花钱刷票的方式,但张超凡果断地拒绝了朋友的建议。最终,凭借真诚的努力,张超凡顺利进入面试,成为"首都大学生诚信楷模"的第一名。在张超凡眼中,诚信并不是一个很大很遥远的词。张超凡把爸爸妈妈从小就对自己说的话牢牢记在心里,自己只是比别人缺少一些小零件而已,真诚地对待每一个人,努力做一个对社会有用、让人觉得温暖善良的人。她的守信就是坚守内心的底线，坚守爸爸妈妈对她的叮嘱与祝福，做一个对社会有用的人。看似只是一句话，她却拼尽全力坚守着，并为此努力奋斗。

"每个人都会有缺陷，就像被上帝咬过的苹果，有的人缺陷比较大，正是因为上帝特别喜欢他的芬芳。"这是张超凡最近看过的《战争与和平》中最为喜欢的一句话。她天生没有左手，却凭着不懈努力超过了许多健全人。正是这相对的缺陷，更加激励她不断超越自己。她选择回乡创业，致力于发展家乡教育事业，回报社会，立身自强，在不完美中绽放绚烂光芒，在不经意间收获漫野芬芳。不忘初心、诚信经营，相信张超凡的信心与匠心会创造更多精彩，也相信这位真诚、善良的折翼天使，会越飞越高，将更多的幸福和爱撒向人间！

【致自强不息】

时代，站在了新的起点上。历史，正在开启崭新的篇章。

2017年10月18日，举世瞩目的中国共产党第十九次全国代表大会在北京隆重召开。党的十九大承载着中华民族伟大复兴的历史使命，承载着人民对美好生活的期盼和向往，寄托着国家和民族的未来。十九大报告中提出"发展残疾人事业，加强残疾康复服务"，将残疾人群体纳入其中，表明我国残疾人事业揭开新的篇章。

2016年7月28日，习近平总书记看望唐山截瘫疗养院残疾人时指出："从你们的精神风貌上，我们看到了生命的顽强、生命的魅力。健全人可以活出精彩人生，残疾人同样可以活出精彩人生。希望你们不断用实际行动迸发生命光彩，去诠释、书写无悔人生。"这段重要讲话充分体现了党和政府对残疾人的关心、对残疾人事业的重视和支持。

在各行各业有很多励志人物，他们的年龄不同、身份不同，其中有为国争光的残奥会冠军、自主创业的先锋、以笔向命运抗争的作家、农村致富带头人、掌握前沿科技的领军人物，还有辛苦付出的残疾人工作者，及社会各界的爱心志愿者……每位励志人物都有着一段常人难以深刻感知的心路历程；每个人的背后，都有着一段令人感叹的故事。面对人生的高下，他们以强者的姿态，十几年甚至几十年如一日，行进在追梦路上；以积极向上的心态获得生命同等的尊严与价值；以感人至深的事迹诠释着"四自"精神，丰富着新时代的内涵；用执着与坚守浇灌出奇异的自强之花。

"在本世纪中叶建成富强民主文明和谐美丽的社会主义现代化强国。"

习近平同志在十九大报告中铿锵有力的话语，令人心潮澎湃。新时代，伟大梦想催人奋进。新时代的残疾人，只要有信念、有梦想、有奋斗、有奉献，一切美好的东西就都能够创造出来，共同享有梦想成真的机会，共同享有同祖国和时代一起成长与进步的机会！

躬身实践,全面发展
—— 民族团结践行者 陈 默

【青春箴言】

　　将服务贯穿于自己的人生信条,希望用自我的光和热点亮更多人的人生。

初春的长白山冰雪尚未消融,
满山遍野却盛开着紫色的小精灵,
它们像紫色的火焰,
给严寒中的人们带来温暖。
这迎风绽蕾的花儿就是金达莱,
人们把她视作坚贞、美好、幸福的象征!
金达莱的红紫色,
是烈士殷红的鲜血染成的,
就有"山山金达莱,村村烈士墓"的诗句流传。

她是一个普通的朝鲜族女孩儿。
她执着、认真、不服输的精神让她的大学生活多姿多彩。
她是一朵坚强、执着的金达莱花,为民族团结贡献着自己的一份力量。

躬身实践，全面发展

她叫陈默，1995年出生，朝鲜族，延边大学经济管理学院2014级会计学专业学生。先后获得校优秀学生干部、三好学生、优秀团员、特殊贡献奖、科研创新奖等众多荣誉称号。同时，在全国大学生数学竞赛、吉林省"网中网杯"东北区大学生财务决策大赛、延边大学"互联网+"创新创业比赛等各类竞赛中获奖。2017年9月，荣获第六届"吉林省十佳大学生"荣誉称号。

作为一名大学生，她政治立场坚定、态度鲜明；学习上勤奋刻苦、成绩优异；在学生干部工作上兢兢业业、严谨求实，团结同学，积极组织活动，在她的带动下，关心他人、互帮互助在班级和学校中已蔚然成风；在生活上艰苦朴素，勤俭节约，乐于助人，以实际行动传播时代精神。

作为一名志愿者，她努力服务大众，累计参加志愿服务时数680小时，被评为吉林省优秀志愿者。

作为一名共产党员，她立场坚定、态度明确，坚决反对民族分裂；时刻以党员的标准严格要求自己，在各方面发挥党员的先锋模范作用；从思想上筑起反分裂的钢铁长城，积极为建设平等、团结、互助、和谐的民族关系而努力。

她深知，民族团结不能光喊在口头上，最重要的是要落实在具体的行动中，她从小事做起，从为同学办实事、办好事入手，赢得了学校师生的赞扬。

心心相融，民族团结的先进典范

延边大学创建于1949年4月，地处有"教育之乡"美誉的吉林省延边朝鲜族自治州首府延吉市，是中国共产党在少数民族地区最早创建的具有鲜明民族特色的综合性大学，是国家"211工程"重点建设大学、国家西部开发重点建设院校，也是吉林省人民政府和教育部共同重点支持建设的大学。延边大学办学的历史就是一部民族团结、共教共学的历史，延边大学将民族团结教育融入人才培养全过程，坚持多元文化教育理念，将民族团结教育纳入课程建设。

陈默是土生土长的朝鲜族女孩儿，从小就喜欢春天里山野田间盛开的第一朵花——金达莱花。这是延边朝鲜族自治州的州花，每到节假日的时候，大街小巷到处都散发着金达莱花的独有香气，金达莱花用它绚烂的色彩弥漫了整座长白山脚下，更加突显着朝鲜族人民对生活的热情和多姿多彩的特色。陈默的性格就像绚烂的金达莱一样坚贞、美好，在中华文化的熏陶下，她通过学习和锻炼，感受到了青年应该担当的时代责任和自身使命。

2014年9月，陈默以优异的成绩考入延边大学经济管理学院会计学专业。对于当代大学生来说，学习文化课自然很重要，而思想教育更是重中之重。作为少数民族学生，陈默在思想上积极要求进步，主动选修了《民族理论与政策》《朝鲜族历史与文化》等课程，积极参加延边抗日斗争史、民族史等专题讲座，受到了马克思主义民族理论和党的民族政策教育；她自觉维护祖国统一，主动维护民族团结，入学后通过老师考核，不久就当选为班级的团支书一职，组织和引领同学们践行当代大学生的使命。

有了精神信仰，陈默的工作和生活更有了动力。她不断学习党的路线、方针和政策，并以"两学一做"学习教育为契机，培养正确的世界观、人生观和价值观，坚持全心全意为人民服务，共产主义信念坚定，积极向党组织靠拢。在认真学习的同时，她还积极、主动地协助专业党支部开展日常活动，帮助同学、服务师生，不计得失，向党员同志看齐，时刻以党员的标准严格衡量、约束自己的言行，不断增强党的观念，加强自身党性修养，用自身的言行感召周围的同学。有种精神力量是发自内心的，会在日常的每个点滴中显现出来，陈默亦如此，她用一言一行践行着社会主义核心价值观。2016年11月4日，是陈默永生难忘的日子，由于各方面表现突出，她光荣地加入了中国共产党，成为2014级第一批入党的学生党员。自此以后，她更加感受到作为一名党员的使命感和责任感。

民族工作关乎大局，事关祖国统一和边疆巩固，事关民族团结和社会稳定，事关国家长治久安和中华民族伟大复兴的中国梦顺利实现。在2014年召开的中央民族工作会议上，习近平同志指出要解决好民族问题，物质方面的问题要解决好，精神方面的问题也要解决好。曾经一个时期，社会上出现了对我国解决民族问题道路的质疑，在一定程度上造成理论界的思想混乱，在一定范围内致使部分群众思想迷茫，这显示出正确解决我国民族问题遭遇了习近平同志所指出的"精神方面的问题"。在习近平同志的民族工作思想中，有关"五个认同"的系列论述，就是着力从精神层面入手，力求从思想上和心灵深处增强各民族大团结。要切实推进我国各民族交往交流交融，就必须深刻领会习近平同志关于"五个认同"论述的基本思想。

作为一名党员，陈默始终致力于维护祖国统一和民族团结。在思想上、政治上，她严格要求自己，认真参加"两学一做"学习教育，履行一名合格党员的义务，积极响应党的号召，立志投身于祖国民族团结进步事业建设中，大力弘扬中华优秀传统文化；在行动上，陈默积极促进"五个认同"即对伟大祖国的认同、对中华民族的认同、对中华文化的认同、对中国共产党的认同、对中国特色社会主义道路的认同。牢固树立正确的国家观、民族观、文化观、政党观、制度观。作为一名少数民族大学生，陈默深有感触，中华民族是56个民族组成的大家庭，民族团结是中华民族的最高利益，是各族人民的生命线，也是国家的生命线。"五个认同"是维护民族团结的思想之本，是民族团结的前提和根基，没有"五个认同"，民族团结就是无本之木。她一定要肩负起青春的使命，为"发掘中华传统文化深厚的软实力，实现中华民族伟大复兴"的中国梦而不懈奋斗。

作为中国最大的朝鲜族聚居区的延边朝鲜族自治州，该地区有着独具特色的饮食、服饰、节庆、礼仪、生活习惯等民俗文化。面对其他少数民族同学以及远道而来的学弟学妹，陈默热情地给同学们当起"导游"，向大家介绍家乡的民俗风情，讲解如何快速地适应少数民族地区的学习、生活环境，如何更好地和周围的学生沟通交流，等等。入学三年来，她带头组织朝鲜族师生与汉族、蒙古族、满族、回族等民族的学生建立友好关系，开展民族团结结对共建活动，取得了很好的效果。

2015年3月，陈默发现身边有很多来自延边州外的同学，这些同学有汉族、有满族还有其他民族，他们都很想学朝鲜语；而延边州本地的朝鲜族同学，尤其是在朝鲜族学校上学的同学，从小生长在朝鲜语语言环境中，无论是课堂还是生活中都习惯用朝鲜语，上大学以后老师们都使用汉语授课，他们学习特别吃力，因为汉语不好，平时也不愿意跟别的民族的同学交流。为了解决这个现实难题，陈默想了一个好办法：帮同学们建立"一对一"语言学习小组，互相学习对方的语言。从语言上的简单交流到一起学习、一起参加活动、一起组织活动、各民族同学的心更近了。看着同学们一张张笑脸，陈默欣慰地说："如果有机会，我还想多尝试一些别的活动，让同学们有更多的机会学习朝鲜语，了解朝鲜族风俗，喜欢上朝鲜族文化。我相信我会做得更好。"

　　2016年毕业期间，陈默组织了以"依然会有你"为主题的经济管理学院会计学专业毕业文艺晚会，欢送那些即将离校的学哥学姐。这次活动不仅有会计学专业的同学，学校其他民族的同学也被感召而来，一起参加文艺晚会。在晚会的组织和编排上，陈默非常用心，既要体现当地朝鲜族民族风情，又要展示其他民族的风采。为了增强大家对不同民族的文化认同，有效地促进民族团结工作，陈默积极调动了系学生会的全体成员，把他们分成若干个小组，每个小组负责几个节目，共同出谋划策，通过节目展示不同的民族特色。有时候也会遇到一些难题，像怎样把朝鲜语台词尽量原汁原味地翻译成汉语，既不能改变原意，又要表达得淋漓尽致。陈默经常去请教同学、老师，甚至多方查找资料，直到满意后才进入编排环节。一份汉朝双语的节目单，就被她修改过十几遍。那个时候，陈默每天只睡三四个小时，但她觉得很值得，她希望通过各种方式能够让更多的同学了解朝鲜族文化，各民族同学通过小小的晚会能相互了解，增进友情，加强团结。正是这种锲而不舍的精神以及全体成员的共同努力，晚会才达到了意想不到的效果，在一片喝彩声中完美落幕，也给同学们留下了难忘的回忆。

　　2016年10月，陈默组织、策划了延边人民抗战斗争史微党课，内容包括从1906年反日斗争开始到1945年抗战全面胜利，从多角度反映了延边人民的抗战历程，展现了延边人民前仆后继、奋起反抗日本帝国主义侵略的光辉历史，用鲜活的史实资料展示了抗日战争年代的英雄史歌。在全国高校评比中，陈默策划的微党课被教育部评为"特色微党课"，为积极、有效地宣传党的知识创新了方式。而在制作微党课的过程中，陈默更清楚地认识到，延边的抗日武装斗争是东北抗日游击战争的重要组成部分，在抗击日本帝国主义的侵略、民族解放的大旗下，抗日烽火燃遍延边大地。这里有近千处革命遗址，听起来就让人内心振奋。如果说金达莱花是延边的象征，那这近千处革命遗址和523座纪念碑就是延边人民的内在精神。

2016年12月，在学院老师的支持下，陈默和同学们组织、策划了《延边星火荣，边陲党旗红》红色舞台剧。该舞台剧以插叙的方式，重现了延边地区自东北抗战到新中国成立以来发生的纪念性历史事件。通过红色舞台剧的演出，使各专业、各个民族的党员、预备党员、入党积极分子充分融入其中，端正了其入党动机，提高了党性修养。

2017年9月，学校开展"手拉手·心连心暨光昭村村民进校园"主题交流活动，龙井市开山屯镇光昭村的50名村民走进延边大学，观看了《延边星火荣，边陲党旗红》红色舞台剧。"红太阳照边疆，青山绿水披霞光，长白山下果树成行，海兰江畔稻花香……"伴随着熟悉的旋律，陈默带领来自不同民族的年轻演员们走下舞台，与村民们进行互动。一场精彩的表演，跨越了年龄，跨越了民族，丰富了村民们的日常生活，增进了村民们对延边大学的了解，为光昭村的老人们送去了温暖与快乐，更反映了延边人民的精神风貌和风土人情。

为做好"两学一做"学习教育、带动党员积极奋进,陈默还策划、组织了独具特色的学习活动,以学生喜闻乐见的方式宣传"两学一做"学习教育,提高了专业支部的凝聚力、号召力他们通过开展红色文化讲座、红色文化展览、红色文化考察、红色文化资料收集整理等形式的活动,培养大、中、小学生爱家乡、爱边疆、爱祖国的情怀,在全校乃至延边州范围内起到了积极的宣传作用,所在团总支也被评为"延边州五四红旗团总支"。

每次组织活动,陈默都会认真地投入其中,大到活动策划、主题设计,小到物品采购、服装道具,无不亲力亲为。每学期,她都要组织学生会成员,在全校范围内开展"共同携手,坚定前行,不忘各民族团结的'家'文化活动";举办"师生携手,分享健康"师生友谊排球赛活动。这些不仅增加了各民族老师和学生之间交流与沟通的机会,而且丰富了学生校园文化生活,同时也引导广大师生重视身体健康,全面提高健康意识。

"五四"主题团日活动。

立足本职,同学们心中首肯的优异生

刚步入大学,很多学生难免会迷茫,这很正常,当我们迷茫的时候,总会找一些方法。然而无论如何,不能忘记的就是"以学习为本"。大学里的学习不再是以前简单的应试考试,需要选择性或者补充性学习;大学里的学习不再是纯粹的书本知识,还包括更广泛的学习,学习怎样与他人处理关系,学会怎么更有效率地做好别人交代给我们的事情,学会怎么处理爱情跟学业的关系。总之,大学的学习内容广泛,而且多样化,有的时候可能会集中到一起,所以需要不断去适应这种新的变化。

作为一名大学生,陈默几乎没有这种不知所措的迷茫,她清晰地知道,作为一名学生,本分是学习。因此,她一直很刻苦奋进,各科成绩都很优异,一直在会计学专业朝鲜族学生中排名第一,共获得专业一等奖学金6次、友利银行奖学金3次、满妃创业奖学金1次、吉林省政府奖学金1次。很多同学羡慕她,佩服她,每当这时,陈默都用这句话鼓励同学们,也激励自己:"在你眼里成功的人,并不是因为他们天赋比你强,也不是因为他们运气比你好,而是因为他们抓住了一切可能的时间去努力改变!"

在针对高等教育人才培养的研究中发现,大学生学习兴趣和志向的双重缺失是目前影响人才培养质量的关键问题。因此,激发大学生的学习兴趣进而发展成"学术志趣",是研究型大学拔尖人才培养的核心目标。本科期间的科研参与经历,有助于激发大学生对学术科研产生兴趣,进而选择攻读学术型硕士,走上学术发展道路。陈默不骄不躁、精心研讨,在科研方面成果丰硕,连续两年参与延边大学本科生科研立项。她参与的《高校会计学专业理论与实践相协同的创新人才培养》，获批国家级创新训练项目并顺利结项；她主持的《大数据时代下会计创新人才培养研究》，获批国家级创新训练项目，完成情况良好；她还发表了《对高校会计学实践教学现状的探究》《乡镇企业发展的地区差异分析》《汽车整车企业与零部件企业协同发展研究》等多篇省级论文。

  陈默平时组织学生工作很忙，但从来都不会占用课堂时间，不管是专业课还是通识课，她基本都会坐在第一排，充分利用好上课时间，汲取文化知识。到了课余时间，需要进行一些工作和活动，许多同学、学弟学妹都会问她，怎么协调好这个时间？陈默的回答比较实在，就是"少睡觉，少上网"，有的时候回寝室晚了，她也会把作业完成，并且坚持预习功课。陈默认为，一个大学生最重要、最本分、最应该做好的就是学习。当然这种学习除了课内知识，还包括其他方面的有助于成长的知识。一个人只有做好本职工作，才能更好地去完成其他梦想，这是陈默一直遵循的准则。

  为了挑战自己的学业，2016年7月，陈默报名参加了"第八届全国大学生数学竞赛"。这是一项面向本科生的全国性高水平学科竞赛，为青年学子提供了一个展示数学基本功和数学思维的舞台，为发现和选拔优秀数学人才，进一步促进高等学校数学课程建设的改革和发展积累了调研素材，也是全国高中数学竞赛在大学里的良好接力。为了备战比赛，陈默牺牲了周末和暑假的时间，刻苦练习、积极准备，在比赛中克服困难、努力拼搏，最终荣获非数学专业组三等奖，不仅证明了自己的能力，更为学校争得了荣誉。

全心全意,为人民服务的学生干部

陈默性格开朗,做事认真沉稳,在遇到困难时总能够保持冷静,全面分析问题,而良好的心理素质是学生干部对同学实现有效领导的一个重要因素。陈默在工作中表现出的主动精神和独立自主精神也感染着班级同学,同学们眼中的陈默,勇于承担责任,对工作中出现的挫折和干扰有坚强的自制力,善于控制自己的情绪,保持高度的自信心。

在学习本专业知识的同时,陈默广泛涉猎各科知识,在提高自身综合素质的同时,还积极帮助专业同学解决学习、生活中的困难。

陈默就是这样品学兼优的学生干部。她在担任班级团支书期间,认真负责班级的思想政治工作,热心为同学排忧解难,并经常向上级团委汇报。积极做好"两学一做"等学习教育的宣传工作,为同学了解时事政治提供便利,进一步提高了同学们的政治素养和工作能力。

陈默始终以"奉献学校,服务同学,提升自己"为宗旨,全心全意服务师生。在学校、专业举办的各项学生活动中,她积极融入其中,为班级同学提供最优质的服务。她经常会在班里组织一些知识竞赛、演讲、英语角等课外活动,无论活动大小,她都会带动各民族的同学共同参与。她以自身实际行动鼓励同学们参加,激发了同学们的热情,也提高了他们的信心。

这些活动中最令陈默难忘的应该就是"冬至一家亲"活动了。在中国,传统节日"冬至"有南方和北方的风俗差异,各民族也有不同的习俗。为增进同学们的感情,提高班级的凝聚力,陈默和几个班委一起策划、举办了"冬至一家亲"主题活动。在冬至那天,同学们分成小组,把具有自己家乡特色或是民族特色的冬至美食带到教室。有的同学端来了饺子,有的同学带来了汤圆,陈默准备了朝鲜族特色冬至美食——小豆粥。每个小组派代表上台发言,通过介绍美食,为大家讲解其背后深厚的传统文化。因条件所限,有的同学无法把美食带到现场,便准备了PPT。同学们一边品尝美食,一边认真观看PPT展示,时而传出阵阵欢声笑语,教室里呈现出热烈的气氛。

优秀的人才总是拥有更多的机会,在大学里,学生会是一个展现自我和锻炼自我的舞台,是同学们向往的团体。由于在班级表现突出,陈默有机会加入了会计学专业学生会,从自己的班级走向更大的平台,组织了各种各样的活动。虽然,有很多活动是从未尝试过的,但她并没有错过任何一个机会,而是充分利用它们,在活动中让同学们充分展示自己。在担任会计学专业学生会主席期间,她以学校及学院工作要求为指导,做好各项服务工作。

在学术科研方面,陈默积极参与到校企合作项目中,于2016年代表会计学专业与中华会计网校签署了合作协议,承办了校园财经大赛,为同学展示实践能力提供了平台,并选派三名2013级优秀学生组队,前往长春参加中华会计网校吉林省分赛区校园财经大赛,最终取得了银奖,帮助专业取得了骄人成绩。同时开展"会计知识竞赛""会计讲坛"等专业学术活动,为增强专业同学实践、创新等能力提供优质服务。为提升专业学生的实践能力和综合素质,她组织、策划了"大学生入企学习活动",先后与同学进入长春一汽、珲春莱特纺织厂等企业参观、学习,激发了学生学以致用的热情。2016年,她组织专业学生干部前往龙井市残疾人安养院,进行雷锋志愿者活动,发扬志愿者精神,为该院的孩子和老人送温暖。这样,她们在自身条件许可的情况下,服务于社会公益事业,开展了力所能及的、切合实际的服务活动。

2016年9月,陈默创建延边大学学生学习交流发展协会,简称"交流发展协会",又名"POE协会"("POE"英文全称为"Pursuit of Excellence")。之所以创建该协会,是缘于在大二的时候,陈默在教务处勤工俭学,发现很多同学对于一些常见的教务知识不是很了解,每天来教务处问同样问题的学生很多,于是她灵机一动,想建立延边大学学生学习交流发展协会。她把想法跟勤工俭学的同学们说了,立刻得到了大家的肯定。同学们说干就干,在教务处老师以及校领导的大力支持下,开始筹备协会成立的事宜。

但是,由于第一次创建协会,陈默和团队里的小伙伴都没有经验,只好经常向教务处的老师请教,还联系了学生记者协会、DTC职业发展协会等社团,虚心向他们学习。团队里的每一个人都认真做好自己的工作,大家齐心协力,有什么困难一起面对。一起熬了几天,来来回回改了好多次,整理好了创建协会所需的材料,最后终于成功创建了POE协会。

协会成立伊始,就开展了第一届"延边大学新生教务知识宣讲会""延边大学'学委'宣讲会"等一系列活动,为同学们更好地了解学校教务知识提供了平台,有助于广大学生更好地了解校事校情。

2016年10月,协会成功举办了延边大学"告白母校,延大印象"活动及"感恩母校,延大印象"活动,以一个全新的方式开始新的学期,使同学们能够获得属于自己在延大的"独家记忆"。参与活动的师生纷纷在签名墙上写下感言,留下对延大的祝福,通过向母校告白、感恩的方式,明确自己的目标,坚定自己的信念,决心通过自己的努力为母校增光添彩。如今,POE协会逐渐在全校有了一定的知名度,陈默功不可没。

作为一名学生干部,一直以来,她将服务贯穿于自己的人生信条,始终把实现好、维护好、发展好同学的根本利益放在首位。在涉及同学的重大事情上,坚持做到公正、公平、公开。她待人宽厚,为人耿直、豪爽,办事周全、细致,作为团支书、学生会主席,她积极为同学解惑答疑,始终把同学的道德培养和心理文化建设摆在学生工作的突出位置,积极组织专业学生参加心理健康教育月活动。

"衣带渐宽终不悔,为伊消得人憔悴",是她坚持学生干部工作最真实的体现,"全心全意为人民服务",是她作为一名共产党员终生追求的目标。自入学以来,她几乎将全部的课余精力都投入到学生干部工作当中,时刻以党员的标准严格要求自己,牢记党的教导,提高思想政治觉悟,以饱满的热情和严谨的态度,默默地为同学、班级、专业及学校服务,以自身的模范力量感染他人,彰显了新时代学生党员的优良风貌,赢得了广大师生的信任和赞许。过去的大学时光,她用青春坚持自己不变的志愿精神和服务意识,未来,她更愿意倾注一生的努力,诠释"服务"与"奉献"的意义!

"感恩母校,延大印象"主题活动。

崇德至善,将服务贯穿于人生的志愿者

除学习、学生工作表现突出外,陈默以立德修身为根本,知礼文明、尊师重道、内省自律、诚实守信,积极帮助和带动周围同学。在同学们眼中,她就是一个乐观开朗、性格坚毅执着的阳光女孩儿。

陈默全心全意为人民服务,积极参与社会实践,投身公益及志愿活动。她参加龙井志愿活动6次,并代表会计学专业聘请全国孝亲敬老之星、全国民族团结十大感动人物、全国少数民族参观团团员、吉林省龙井市安养庇护院院长朴海玉为会计学专业校外爱心指导老师,与其共建会计学专业校外志愿者实践基地。

陈默不但自己积极参与志愿服务实践活动,还带动班级同学一起参加,培养社会责任感。自2015年至今,陈默一直参与长岭县红十字志愿服务活动,志愿服务时间累计长达680小时,在帮助困难同学、敬老院老人、地震灾区人民过程中,积极弘扬"人道、博爱、奉献"的红十字精神,因其表现突出被评为"吉林省优秀志愿者"。她还组织专业"地球一小时"公益活动,使更多的学生加入公益活动之中,关爱社会弱势群体,弘扬社会正能量,传播了新时代榜样的精神。

陈默认为,在大学四年里自己做得最有意义、对自己影响最大的就是平时做的一些志愿者活动了。她所在专业与龙井疗养院签订了志愿者合约,陈默几乎每个月都会和同学一起,带上小零食和一些衣物、日用品去看望孩子和老人们。那里的孩子很多都是智力有问题,有的身体有一些先天性疾病,还有患自闭症的儿童。很多孩子已经10多岁了,但智力还在5岁左右阶段,

家里没有条件继续抚养就送到了这里。最初到疗养院的时候,陈默和孩子们聊天、做游戏,很多孩子都不愿意沟通。后来,陈默来的次数多了,孩子就与她亲近了。有的孩子还会在微信上对陈默说"想哥哥姐姐们了",那个时候,陈默开心得就像个小孩子。

在大四准备实习的时候,大部分同学的首选都是工作环境良好的企业或是办公条件优越的公司,而陈默则义无反顾地选择去龙井市安养庇护院服务。"你周末有空就去义务服务,现在实习也要去疗养院,不累吗?"同学们担心地问她。"不累!为需要帮助的人服务我感到很快乐!"陈默总是微笑着回答。她记得第一次去龙井时,就被安养院里志愿者爱心服务的场景所感染。初见朴海玉院长,朴素的装扮、亲切的话语让人印象深刻,朴院长为大家讲述了发生在疗养院里的感人故事,陈默和同学们深受感动。后来,得知朴院长为疗养院无怨无悔付出的感人事迹后,陈默更是打心里佩服。

实习结束后的寒假,陈默跟随松原长岭红十字会去养老院看望了那里的老人们。现在很多年轻人工作忙,不能经常陪在父母身边,很多老人缺乏应有的照顾。陈默来到养老院了解了很多老人的情况后,就经常陪他们聊天。老人们说养老院的环境非常好,子女虽然忙,但是这里老人多,大家相互作伴也就不觉得寂寞了。吃饭的时候,陈默帮老人们端饭,蔡奶奶突然对她说:"今天这个番茄炒蛋,我儿子最喜欢吃了。"陈默听到后,眼圈立刻红了,因为她知道老人们嘴上不说但是心里对子女还是非常想念的。临别时,老人们拉着她的手舍不得放开,叮嘱她要经常来,陈默用力地点头。陈默真心希望越来越多的年轻人能够献出爱心,能多给这些老人一些温暖和陪伴。

龙井市安养庇护院志愿者活动。

突破自我，勇于创新创业的实践者

在"双创"的国家战略中，大学生作为一个特殊的群体，对于实现这一战略既有其参与的必要性，也有其参与的重要性和优势。一方面，大学生确实是就业群体中比重最大的部分，显然会对社会形成巨大的就业压力；另一方面，大学生因其素质高、专业化程度高，具有创新创业的内在潜能，通过大学生群体的双创行为，既可以缓解国家就业的压力，也可以为国家的产业升级和经济转型提供动力。目前，我国大学毕业生创业大多以创新作为基础，成为大众创业、万众创新的生力军。在创新创业方面，陈默也响应号召，紧跟时代步伐，发扬开拓创新精神，积极参加各类创新创业活动。

2016年1月，陈默和社团同学一起策划、开展了以"弘扬延边朝鲜族自治州特色红色旅游"为题目的项目。3月开学伊始，延边大学举办了"互联网+"大学生创新创业大赛。陈默和伙伴们商量过后，决定用红色旅游项目参加此次比赛。赛前，他们完善了"鸿鹄红色旅游"网站，团队成员分工协作，做策划、写文案、找路线、制作PPT、修改宣讲稿……为了使团队作品更加完善，陈默反复思考，完善方案，带领团队成员连续奋战了三天三夜。功夫不负有心人，项目顺利通过了学校的初赛和复赛，并得到了立项资助。陈默带领团队成员前往延边州各县、市实地调研。调研路途非常辛苦，每天要走十几个小时的路，拖着疲惫的身体回到住所后，陈默顾不得休息，还要将当天的录音材料整理成文字，以便调整接下来的调研计划。那段时间，陈默经常都是在凌晨2点以后入睡，第二天一早又开始新的调研工作。这样的时光虽然艰辛，但她甘之如饴，非常享受。经过不懈的努力，他们的作品最终获得了三等奖的好成绩。

2017年3月，学校网站上发布了一条关于大学生财务决策比赛的报名通知：由中国高等教育学会高等财经教育分会主办，吉林财经大学、厦门网中网软件有限公司联合承办的"2017年'网中网杯'东北区大学生财务决策大赛"，将于4月末在吉林财经大学举办。陈默看到比赛通知，非常感兴趣，她深知此次比赛的目的就是为了进一步提高大学生的实践能力、就业能力、创新能力和创业能力，为大学生职业发展提供良好的氛围。而且在比赛中既可以了解专业应用,又可以拓宽职业未来的渠道,这是一个难能可贵的锻炼机会。于是,她勇敢地报了名。陈默所在的经济管理学院在赛前进行了广泛的宣传和动员,近百名学生报名参赛。经过历时一周的校园初赛选拔,陈默披荆斩棘,和另外四名同学组成代表队参加东北区决赛。

4月22日,陈默等五名同学代表延边大学赴长春参加了东北区大学生财务决策大赛。比赛采取团队竞赛模式,共分为两个阶段:第一阶段,是"财务决策"能力竞赛,选手从CFO视角去审视企业运营,在模拟的企业中,综合运用运营管理、财务管理、市场营销、税务筹划等专业知识,在财务决策平台中做好生产决策、投产发货、财务决策等工作。在一个季度的经营周期的企业实操中,锻炼学生决策能力、风险控制能力、税务筹划能力等专业技能,以及包括团队协作、沟通协调等在内的素质能力。陈默专业知识非常扎实,发挥稳定,积极配合团员工作,帮助团队在第一阶段取得了不错的成绩。

比赛第二阶段,是经验分享和个人财务知识竞选赛。两阶段比赛成绩相加,与其他二十九所高校选手进行激烈角逐。最终,陈默和伙伴们以默契的配合、流畅的沟通和出色的决策能力,获得了本科组的优秀团队奖。这次比赛激发了陈默创新、实践的热情,能够与东北大学、大连财经大学、东北农业大学等30所本、专科院校的学生同场竞技,她感到很荣幸,并且收益良多。

通过大学三年的不懈努力,陈默自身知识的掌握以及素质的全面发展有了很大的提高。她没有因为碌碌无为而悔恨,也没有因为虚度年华而羞愧。她用敢于尝试的勇气和坚持不懈的毅力,让平凡的自己一点点进步,也一步一步地接近梦想。她的付出收获了硕果——获得了免试到吉林大学攻读硕士学位的宝贵机会。她用奋斗的青春让自己的大学之路变得不平凡。

她是陈默,但并不"沉默",总是一鸣惊人。因为她坚信心坚石穿,得失在人,所以策顽磨钝,力学笃行,她没有辜负这个最好的时代。没有豪言壮语,陈默这个普通的朝鲜族女孩,默默地在边疆坚守着自己的信念。她就是盛开的金达莱,用独有的香气渲染青春的色彩,洋溢生活的热情,尽显多姿多彩的本色。她就是春天的使者,像金达莱一样坚贞、美好、吉祥,立志毕业以后为建设家乡奉献出自己的一份力量,把青春献给养育她的白山松水。

【致民族团结】

民族团结是社会主义民族关系的基本特征和核心内容之一,既是各个朝代和国家稳定的根源,也是各个国家所追求的目标。社会主义社会各民族之间的团结,是以中国共产党的领导和党的团结为核心的,是以社会主义制度和祖国统一为基础的,是中国民族政策体系的重要组成部分。

习近平总书记在《摆脱贫困》一书中这样写道:"我们的事业方方面面,千万不能漠视少数民族事业这一重要方面。这是一个原则,基于这个原则,我们有必要深刻地思考关于促进少数民族共同繁荣、富裕的几个问题,我们的出发点和归宿是要巩固民族大团结的基础。"

民族地区是我国的资源富集区、水系源头区、生态屏障区、文化特色区、边疆地区、贫困地区。再加上民族自治地方占国土总面积64%的这一特点,从中不难看出,少数民族和民族地区既有发展的优势,又有贫困面大这块短板。我国各少数民族的发展状况和民族地区的突出特点,既深刻反映出我国民族工作具有重要性、复杂性、艰巨性和全局性,又使我们得到了一种共识:即没有民族地区和各少数民族的现代化,就没有中国的现代化;没有民族地区和各少数民族的全面小康,就没有中国的全面小康。

2015年1月29日,习近平总书记在国家民委《民族工作简报》上对福建省宁德市福鼎磻溪镇赤溪畲族村做重要批示时强调:"全面实现小康,少数民族一个都不能少,一个都不能掉队。"既反映了总书记对少数民族和民族地区发展现状和特点的准确把握,又对全面建成小康社会征程中民族工作提出了新任务新要求。要以时不我待的担当精神,创新工作思路,加大扶持力度,因地制宜，精准发力，确保如期啃下少数民族脱贫这块"硬骨头"，确保各族群众如期实现全面小康。

手拉手，心连心，56个民族一个都不能少。这不仅是党中央的号召，也是新时代年轻大学生奋斗的方向，更是每一个民族共同的中国梦。

志愿从教,爱岗敬业
——最美文化使者 蒋文静

【青春箴言】

爱,是全世界共同的语言,用心经营课堂,用爱温暖学生。

近年来，世界各地逐渐掀起的"汉语热"让汉语本身的魅力展现得更加淋漓尽致，而随之出现的另一道靓丽的风景线就是充满活力、朝气蓬勃的汉语志愿者，他们在世界各地推广汉语、传播中国文化。

她是一个柔声细语、娇滴滴的"软妹子"，却敢孤身一人在异国他乡让外国人"听话"。

她是一名汉语教师志愿者。2014年至2017年，她先后在韩国又松大学、英国西比尔安德鲁斯学院（Sybil Andrews Academy）任教。

她是一个不怕吃苦的川妹子，用真诚和爱一直坚守在志愿者的岗位上。

她在梦想的道路上追逐，展现了志愿者为梦远行的青春风貌，用行动向世界讲述着美丽的志愿者故事。

志愿从教，爱岗敬业

蒋文静，1989年出生于四川省德阳市，四川大学2013级汉语国际教育专业硕士研究生，是一个土生土长的川妹子。当一名老师是她从小到大的梦想，她一直为这个梦想努力着。现在，她已经把讲台搬出了中国，不同语言、不同肤色的学生都在跟她学说中国话。因具备良好的政治和业务素质，她先后被派往韩国、英国从事汉语国际推广工作，她的奉献精神和敬业精神为同龄人树立了榜样。

你好，汉语老师！

2013年9月，蒋文静成为四川大学汉语国际教育专业一年级的研究生。这个专业对教学实践的要求很高，于是她申请了国家汉办的志愿者项目。蒋文静对汉语国际教育专业知识的学习从本科阶段就已经开始了，这也是她敢于在研究生一年级时就报名参加志愿者考试的主要原因。她一边认真学习研究生专业课程、参加学校的各项文体活动，一边准备志愿者考试，整整一个月，她每天都睡得很少。

10月，她顺利地通过了学校的选拔，成为学校唯一一名研究生一年级的志愿者候选人。

11月，她代表四川大学参加了国家汉办的考试。成绩下来后，蒋文静的综合成绩优异，英语口试成绩排名四川省考区第一。虽然通过了考试，但是她一刻也不敢放松，因为经过申请、面试、考核之后，还要接受严格的培训，培训合格才有可能被国家汉办选派到国外从事汉语教学工作。通过选拔考试的志愿者候选人还要参加由国家汉办组织的行前培训，培训时间为300~600课时，内容包括汉语教师志愿服务精神与要求、汉语教学技能与课堂管理、汉语教材与网络资源的利用、教学观摩与实践、当代中国国情、中华文化、中华才艺、能力拓展、涉外教育、跨文化交际、国别赴任指导、赴任国语言，等等。

2013年12月20日，为期一个半月的集中培训在北京印刷学院开始了。对外汉语教学在诸多方面都有其特殊性，在课堂教学中需要灵活应对各种问题，把握好各个环节。蒋文静希望通过此次培训学到一些技巧和方法来调动学生的积极性，把学生的注意力吸引到汉语课堂中。

三次试讲课是所有学员都需经历的培训实践考核环节。第一次是开讲训练，主要培训学员们对于语言要素的汉语教学；第二次是课堂活动，通过课堂上的各种活动来更好地促进教学；第三次则是教案编写，通过编写完整的教案来做一名合格的老师，并选取教案中的一小部分来作为试讲内容。虽然每人每次只有短短五分钟的试讲时间，但是蒋文静为这五分钟做出的准备远远不止五个小时。

在开讲训练中，每个学员需针对既定选题准备五分钟的讲授内容。蒋文静为了备战这五分钟，可谓下足了功夫。从教学对象的设定、PPT的内容设计，到课堂用语、肢体语言、面部表情的运用，再到教学环节、练习活动的安排，她不断思考、演练，并力求做到更好。蒋文静走上讲台之前还有些紧张，当她站上讲台后就迅速将教学实力、教师风范在举止之间呈现在大家面前。简洁明了的PPT、灵活多样的教学方法等各个环节，她都会用心让自己的课堂丰富多彩、趣味有效，赢得了培训教师和学员们的一致好评。

三次试讲后，培训教师一一给出了细致的点评，学员们也相互给出了宝贵意见。蒋文静将自身的缺点和学员们普遍的不足都一一记下来，这些问题集中表现在对教学对象关注度不足、课堂设置的逻辑性欠缺、课堂用语偏繁偏难等。她意识到，海外汉语教学课堂不能局限在传统意义的语言教学上，教师的课堂教学技巧及个人魅力尤为重要。

蒋文静尽可能地多学多练，积极参加各种文化课程，不仅学会了剪纸，打出漂亮的太极拳，而且还可以用葫芦丝吹奏动听的民族乐曲。培训期间她还面临着期末考试。寒冷的一月，她多次往返于北京、成都，既以高分通过了专业考试又圆满地完成了汉办的培训课程，用行动和成绩谱写出她的奋斗乐章。

培训结束后，蒋文静被国家汉办派往韩国又松大学孔子学院，派遣日期定在了2014年6月。她离梦想又近了一步。蒋文静认为去适应的过程就是积极了解的过程，这是她首次出国，她需要去适应国外的方方面面，凡事要尝试自己独立解决，同时完成从学生到老师的转变。蒋文静知道，这个过程也许不会一帆风顺，但作为经过国家汉办层层选拔脱颖而出的汉语教师志愿者，她一定可以克服困难！尽管志愿者的本职工作是传播汉语，但"外事无小事"，自己的一举一动代表着中国人的形象。蒋文静对自己提出了严格的要求，她在日记本上记下了临别时班主任的赠言：亲爱的志愿者，你们光荣地工作在"汉语国际教育"事业的第一线,你们为国家做出了无私的奉献,同时,志愿者的经历也是你们成长过程中宝贵的磨砺和收获。希望你们牢记自己所肩负的"光荣感、使命感、责任感",满怀"激情、热情、感情",不辜负"志愿者"的光荣称号。

用心走过的春夏秋冬——梦起韩国

带着使命,背负嘱托,蒋文静踏上了这片美丽的国土,来到了这座让她铭记一生的城市——大田。又松大学是韩国的一所私立大学,1995年建校,一直秉承创新与发展的理念,不仅给学生提供良好的教育环境,更与世界多个国家的多所学校开展了多样化的国际教育合作项目,实行全球化的教育模式。又松大学孔子学院始建于2007年4月,在中、韩两国的共同努力下,又松大学孔子学院充分利用自身优势,开展了丰富多彩的教学和文化活动,逐步形成了初具特色的办学模式,已经成为韩国人学习中国语言文化、了解当代中国的重要机构,受到了韩国社会各界的广泛认可和好评,为中、韩文化交流做出了重要的贡献,成为中、韩文化交流的桥头堡。能有机会在又松大学从事汉语教学,她既紧张又兴奋,在出发前做了充分的准备,对未来的对外教学工作充满了信心和向往。

2014年6月4日,蒋文静怀着无比激动的心情踏上去韩国的航班。在韩国仁川机场,又松大学孔子学院派了专人来接她,一路上给她讲了在韩国的生活方式和注意事项,她觉得很温暖。汽车驶离仁川,奔向大田,窗外植被繁茂、野花遍野,视野所及的全是醉人的绿色。到了又松大学,住进了学校早已准备好的宿舍里，蒋文静购买了一些简单的生活用品，用最短的时间熟悉了工作环境。很快，她就投入到了暑期课程的准备之中。

第一学期，蒋文静承担了又松大学国际商学院汉语高级班教学任务。她主动向学校老师了解这个班级的情况，原来这个班级里的学生都很不简单，天资聪颖、活泼好动，比较难教。又松大学国际商学院师资力量雄厚，教学水平也很高，很多专业在亚洲的大学里排名前十，学生大多数有留学背景，他们思想开放、学习方式灵活、英语水平特别高，所以他们对老师的要求很高。蒋文静希望自己能给他们一个好的印象，所以每天都花6个多小时准备课程，希望能让他们感觉到汉语是有趣的，她的上课方式是有特色的。

第一次上课的前一晚，蒋文静失眠了。她既兴奋又紧张，担心哪个教学环节效果会不好，自己蹩脚的韩语学生会听不懂。当走进商学院的教室时，她暗暗给自己加油鼓劲儿，不能紧张，一定要面带笑容，把准备好的都亮出来。当她上课时，学生们目不转睛地盯着黑板，跟着她的教学指令完成任务，虽然害羞但仍然认真地大声朗读课文。下课后，学生们热情地拥着她提问，关于汉语的，关于中国的，关于她个人的，她知道自己的第一步成功了。

通过短短几堂课，蒋文静就发现这个班级的学生真的很聪明，非常好学，很多知识一点就透。慢慢地，她发现书本上基本的知识已经不能满足他们的学习热情了。重要的是，这个班里的学生学习汉语的目的是比较实际的。大部分水平较高的学生，学习的动力都是为了升上好的高中，并在高中里考取HSK五级，从而为今后留学中国的大学甚至找工作提供便利条件；还有一部分学生，其家长与中国有着工作上的往来，或者有亲人在中国，所以比较重视孩子的汉语学习。相对来说，真正因为喜欢而学汉语的孩子非常少。这就要求她的教学要听说与应试并重，重点着力于激发孩子们学习汉语的兴趣。

蒋文静积极调整上课方式，不断尝试各种方法。比如，加入一些中国文化的学习，教给学生们一些中国诗歌。她在网上找到李白的《静夜思》、顾城的《远和近》，结合教科书的内容，联系古今，适当扩展，收到了良好的效果。有时候也教他们一些流行歌曲；让他们准备中国的传统节日讲解；课堂上用更多的时间和他们进行口语交流，课后尽量和他们一起用汉语交流。积极融入是有效果的，她和学生的关系越来越融洽，她也能感觉到他们越来越喜欢汉语。

7月末，班上的7名同学要交换到中国、美国和欧洲的一些国家学习，走之前学生们和蒋文静拥抱道别，并表示希望明年回来时还能够在"sol-bridge"班级跟她学习汉语。蒋文静非常感动，也很欣慰。这是她在韩国教的第一个班级，她影响了他们，他们也影响了她。俗话说"教学相长"，学生上课时的状态就是她教学的一面镜子，学生对她的评价就是对一个汉语教师的评价，她对自己提出的要求是每一次讲课都要有进步。

蒋文静在课后经常义务辅导学生如何准备HSK考试，刚开始只有两三名学生接受辅导，后来变成了全班同学参加的集体活动。她带着学生做模拟题、练听力，经常批改作文到深夜。

考取HSK是申请孔子学院奖学金生及到中国留学的必备条件，此外她还鼓励学生参加口语考试(HSKK)。当时有很多学生家长很不理解她的做法，认为只要考取HSK就能达到报名条件，没有必要参加口语考试。她耐心地与家长沟通，强调练好汉语口语对学生学习汉语具有长远的影响，学习一门语言应该听、说、读、写全面发展，否则学了几年汉语也是"哑巴汉语"。在她的带动下,全班同学都报名参加了口语考试(HSKK),成绩非常理想。2014年孔子学院奖学金生的留学条件增加了一条:需要具备口语考试(HSKK)成绩。很多学生因为来不及考试而错失报名资格,而蒋文静班级的学生因为之前考过了HSKK,所以都顺利地提交了申请。

蒋文静住的地方离上课的地方比较远,因为韩国的交通费较贵,所以她选择步行上下班,来回大概一个小时。走在回家的路上,她会思考这一天教学上的失误和不足,想想明天的课。在她眼里,这座城市夏季的蓝天、白云、绿荫还有路上偶遇的那些穿着白色校服的学生,都是一种形式的陪伴。虽然她远离祖国和亲人,但是她觉得很充实,能够获得这种愉悦感再苦再累都是值得的。

蒋文静的第一个班:sol-bridge汉语高级班。

结束国际商学院汉语高级班的课程，蒋文静又接到了一个新的班级——孔子学院晚课班。这个班只有5名学生，但是他们的身份很特殊——又松大学的教授，平均年龄在55岁以上。有三位男老师（吴相镇、宋道善、刘智相）和两位女老师（赵姬济、安美英）。接这个班之前，她的压力比较大，想象中的他们应该是学富五车、比较古板、要求很高的教授。然而踏进教室的那一刻，她发现自己错了，这些特殊学生的心态非常年轻，他们学习汉语的目的非常简单，就是结交朋友、了解中国文化以及丰富业余生活。

一周过后，蒋文静发现晚课班教学主要存在两个问题：一是面向"教授初学者"的知识性内容过于简单，但用词包括例句中的词汇太复杂、教学进展太快、教学中使用过多汉语生词。他们的汉语基础虽然薄弱，口语发音也不太标准，但在课堂上回答问题时，总能做到随机应变，灵活自如。二是授课时间过长，学生参与练习的时间太少。

蒋文静发现问题后马上变换思路，做了调整。她首先将语速放慢，教他们使用完整的语言结构，以口语对话练习为主。让学生练习新知识点，用学生的练习代替老师的讲解，而复习部分也尽量让学生通过自己的归纳总结来完成，这样不仅能增强他们对已学知识的有效记忆，还能使他们获得更大的成就感。她尽量以轻松愉悦的方式来组织课堂，经常和学生们在一起唱歌跳舞，晚课班的课堂气氛非常活跃。学期临近结束时，蒋文静以中国文化展示大赛代替了传统的考试，五位学生分别展示了中国地方小吃、中国茶文化、中国古典神话故事、十二生肖故事和中国民族舞蹈。他们认真搜集资料，运用多媒体技术制作出各种生动有趣的PPT来展示丰富多彩的中国文化。他们通过各地美食图片介绍中国地方小吃；用茶艺展示以及播放茶歌视频的方式讲述自己眼中的中国茶文化；以讲故事的方式解读神话故事中的插图，并配上了雄浑的背景音乐；在十二生肖的故事里录制了自己朗读的旁白；配合中国民族舞蹈视频和优美的音乐一边讲解一边演示，大家跳得不亦乐乎。每组作品都充分展示了学生一个学期以来的学习成果。

这些晚课班的学生平时也会邀请蒋文静参加各种活动，他们会带蒋文静去百年传统老店品尝韩国美食；一起去爬山，带她欣赏当地的秀丽河川；一起去看各种民俗表演，给她讲韩国的传统文化。蒋文静十分感谢他们，这一年因为有他们，她过得很开心。从他们身上，她学到了不少东西。他们身上有许多韩国文化的优秀品质：敬业、礼貌、向上、热爱生活。她希望自己老的时候，也能像他们一样，拥有丰富的教学经验，对学生保持热情，仍然很热爱生活，做自己喜欢的事情。

韩国的十月，校园、社区、街道……被染上了各种秋的颜色。天空旷达高远，路边全是各种红黄相间的树叶在秋风中摇曳。蒋文静已经完全融入了韩国的生活。秋季学期，她担任了国际商学院中级班和中文系初级班的教学任务。因为积累了一些教学经验，所以教授这两个班的课她感觉是比较得心应手的。

中级班有一个学生叫李伦知，是一个特别爱笑的女孩子。在上了一段时间的汉语课后，李伦知告诉蒋文静，自己对中国很感兴趣，准备去北京外国语大学交换一年。后来，李伦知同学如愿以偿，以交流生的身份去了北外学习。到了中国以后，李伦知还常常跟她联系，问她一些汉语和中国文化方面的问题。李伦知去了很多地方旅行，每次都传图片给她看。另外一些同学，他们在寒暑假时也选择去中国旅行，回来以后告诉她，刚刚学了问"多少钱"，就能马上用到，感觉学汉语很有用。中文系的学生因为专业性更强，上课时她会比较注意讲的深度，经常问一些社会现象让他们讨论、回答。此外，还组织辩论赛和模拟面试，让他们好好准备，因为他们假期也有集体去中国短期学习的机会。越来越多的学生通过学习汉语而慢慢了解中国，对中国产生了浓厚的兴趣，这时的她觉得很开心。

几场雪下来，韩国就笼罩在一片雪白和安静的世界里了。寒假班，蒋文静迎来了一群"小精灵"——三省小学一年级的小朋友。他们从一年级就开始学习汉语了，而三省小学的沉浸式教学给她的启发也非常大，因为他们课堂上几乎没有用到母语，所以孩子们对汉语的课堂用语反应非常迅速，他们天生模仿能力强，发音比许多成年学生要清晰、准确得多。这里没有汉语的语法教学，只有在各种活动中和学习生活中常用的汉语，他们基本能够对老师的问题做出准确的回答。因此，课堂游戏教学是最适合这些孩子的。

蒋文静将培训时所学的内容和韩国小学生课堂的实际情况结合起来，设计了一套非常实用的教学方法。她认为课堂游戏教学法并不应该是老师带着学生没有目的地玩耍，应该遵循教学相长的原则并起到寓教于乐的作用，课堂游戏设计应该具有目的性。她在设计任何一个游戏时都有一个明确的目标，或是利用游戏代替枯燥的练习，或是通过游戏活跃课堂气氛，而进行课堂游戏的最终目的就是引起学生对汉语学习的兴趣。她每次上完课都会进行教学分析和认真反思，如果发现自己在课堂上带领学生做完游戏，学生一点收获都没有，就会认为这个课堂游戏就是完全没有必要的。她注重创新，将许多游戏和具体的汉语教学相结合，创造出许多灵活又有趣的游戏教学法，比如，"语音站队"可以帮助学生认识单韵母，"听音变音"可以训练学生区分易混音，而"听音拍手"则可加强学生对声母和韵母的学习。

一个学期下来,蒋文静没有在课堂上重复过相同的游戏,教案上不知不觉竟记录了70多种游戏。她设计的课堂游戏既具备了一定的难度、可操作性,又有针对性和多样性,其他老师都纷纷向她取经。她把功劳都归到了学生身上,因为她常常会听取学生的意见,不断地改善方案。每次一走进教室,孩子们就会纷纷跑过来拥抱她,告诉他们的各种想法,他们像一群"小精灵"一样,给她源源不断的灵感。她觉得教育事业如此有意义,哪怕语言不通,但是你的爱,孩子们是能感受到的。希望他们的童年记忆里有汉语老师的身影,有会唱的汉语歌,有看过的中文动画片,有上汉语课时的欢声笑语。

三省小学一年级的孩子在学习汉语。

绵绵春雨悄悄地染绿了整个韩国，蒋文静的课程也只剩下最后一个学期。这学期她教的是初级班的课程，初级班学的是零基础课程。这是她第一次教零基础课程，原本她以为很好教，真正实践后才发现教零基础课程是很考验一个老师的。她在教学日记里写道："学生的基础是你铺垫的，学生的兴趣是你培养的，零基础班的老师就是学生的汉语启蒙老师，合适的教学方法可以消除学生的畏难情绪，大大提升他们学习的积极性。"蒋文静对这个班的学生给予了最大的耐心，以鼓励为主，让他们多读、多记、多说。她非常注意与学生交流时的态度，因为汉语学习对于他们来说本身就比较困难，一定要采取多鼓励多表扬的方式培养他们的学习兴趣。

班里有一个学生叫林映善，是在英国长大的，所以对汉语学习尤其是汉字的学习比其他同学慢很多，但是他很努力，只是常常力不从心。于是在课后蒋文静常常把他留下来，向他解释汉字的构成，和他练习对话，还鼓励他写日记。林映善的日记刚开始是用英语写的，汉语词语只会使用"你""我"等简单的人称代词。几个月之后，他的日记本里几乎都是汉语，偶尔夹杂着几个英语单词。几次随堂测试，林映善的成绩在班里排到了中上水平。看到他的汉语水平有了提高，蒋文静觉得很高兴，不放弃任何一个学生，也是她对自己的要求。

在韩国一年的教学经历丰富了蒋文静的教学经验，她将所想所得都一一记录、整理，回国后发表了《浅论直接法在对外汉语教学中的利与弊——以韩国又松大学中级汉语水平的学生为例》《从"红字"到"绿帽子"体现的文化翻译观》等多篇论文。

6月20日，窗外夏雨潺潺。当蒋文静再次背上带有中国国旗的大书包走到仁川机场时,时空好像发生了逆转。一年的时光,那些美丽的景色,那些可爱的人们,那些一个个看似平凡却让她记忆深刻的故事扑面而来,她抚摸着自己的心脏,想着自己当初来这儿的信念——"要把来自中国的智慧和笑容传递给韩国人民",她很开心,自己做到了。一切恍如一梦却又如此真实,因为有了这一年的时光,她觉得生命如此丰富而有意义,她相信这不是结束,而是一个新的开始,她会在这条道路上坚持下去,去更多的地方播种知识。

走过的路繁花似锦——英国篇

走过秋,走过冬,走过春,走到执笔的现在。窗外,夏天的阳光肆意灿烂,放飞思绪,倒回十个月前,然后像电影似的一幕幕般地放映,悄然中发现走过的那些路满是花开。

那是蒋文静经历过的最漫长的一天,20多个小时的辗转,起飞前落地后竟然是同一天,她就像逆着时间飞了一天。一个人在英国的小镇上教学,从拖着行李踏上这片土地的那一刻起,蒋文静就知道这一次的任务并不简单。她分到的小镇叫作贝里圣埃德蒙兹(Bury St Edmunds),离剑桥30分钟左右的车程,这里的外来人很少,环境比较封闭。蒋文静任教的学校叫西比尔安德鲁斯学校(Sybil Andrews Academy),是一所公立中学,全校只有250人左右,是典型的社区学校。因为考虑到蒋文静对英国的教育方式还不熟悉,学校安排她前两周对学校进行观摩考察,她听了很多课程,包括英语课、数学课、艺术课、体育课,等等。她发现英国中学的教育模式跟中国有很大不同。

在中国,初中的孩子已经开始变得忙碌,不仅课程类型越来越多,而且学习时间长,学生围着考试转,属于自己的业余时间较少。在英国,难以想象初中的孩子每天的上课时间是从早上8点50到下午3点钟,而且几乎没有作业。在蒋文静任课的学校,学生没有固定教室,而是像大学一样流动上课。除了英语、数学等必修科目,学生有丰富的兴趣课程可以选择,比如设计课、手工课、厨艺课等。听了两周的课之后,蒋文静有一个切身的体会,英国的课堂就是"student-oriented",老师课上讲解的东西比较少,往往是布置一个任务就让学生进行讨论,最后再进行总结。而英国孩子不像中国孩子那么害羞,他们喜欢发表自己的观点,在课堂上非常活跃。

  两周的观摩对蒋文静有很大的帮助。在没有考试压力的情况下,要把汉语课上得有趣,才能吸引他们的兴趣。第一次的汉语课上,她向学生们介绍了中国的地理情况,然后讲解了几个简单的日常用语。当她问到中国的首都在哪儿时,班上孩子居然没有人知道,她暗暗诧异他们对中国的陌生,并意识到对外汉语教学的重要性。

  开始上课的第一个月,蒋文静经常和一位志愿者朋友通电话。蒋文静说在这里教学有一种负重爬坡的感觉,而她的朋友也因为上课压力太大休息不好。两个女孩儿都有共同的感触,这里的学生非常活跃,要让他们像中国的中学生那样老老实实地坐上四十五分钟,根本是不可能的。学生上课随便说话、随便走动的比比皆是,而且他们还特别喜欢跟老师闲聊。如果老师不能控制课堂的话,很有可能就被学生带跑题了,一节课都在说一些跟课文无关的话题。蒋文静和朋友交流过经验以后,就特别注意这个问题了,不管学生提出的话题多么有趣、多么吸引人,她还是要告诉他:"下课我们再聊,现在看课本。"两个小姑娘互相鼓励说坚持下去,看谁适应得快。不知不觉间,那个"坡"

已经被两位认真努力的老师甩在身后。不知不觉间，看似荆棘丛生的路边开满了鲜花。

九个月后，蒋文静坐在中文教室，教室里挂着她从中国带来的中国结、红灯笼、地图，窗台上放着学生最爱的熊猫玩具。现在，学生已经对中国的文化有了更多的了解，他们会讲不少的汉语。他们经过她的教室时会打开门，开心地对她说："你好，文静，我爱你。"她带着学生们一起演过《花木兰》，吃过火锅，煮过饺子，一起讨论过中国的饮食习惯，还一起庆祝了春节、端午节。学生们学习的汉语由最开始的"你好""谢谢"到后来的"我喜欢饺子""我不喜欢面包"，由数字"一二三四"变成了"中国、英国、足球、游泳"。

她和这些学生们好像都在变化，她不会再在上课之前紧张地踱步，而是感觉游刃有余；学生不会再跟她保持礼貌的距离，而是会在下课后热情地抱抱她，或者友好地跟她开个小玩笑。 然而，她和学生们似乎也没有改变，她还是会为如何设计一堂活动课而苦思冥想好几天，学生也还是会为抢到一个熊猫小玩具而激动不已。

看似冷漠的英国人制造起惊喜和泪点来也是 100 分。

林语堂说："世界大同的理想生活，就是住在英国的乡村。"蒋文静就很幸运地被分在一个英国东南边的乡村。她住的第一个村子叫作大巴顿（Great Barton），是这里最古老的村落，房子都是一百年以前建成的。第一天到这儿，她暗暗诧异怎么周围没有一个人，全是树。仔细一看，树丛里掩映着砖瓦房子，白色的门窗，耸立着的烟囱，花草藤蔓爬满了墙壁，不时有人在精心整理自己的花园，或牵着狗在外面散步，好一幅和谐的英国乡村场景。

蒋文静的第一个房东是一名警察。房东看出了蒋文静刚到这儿的局促不安，热情地帮她搬运行李，介绍家庭成员，带她参观房间，亲切地对她说："You can do anything in this house, just be yourself at home."全家人对蒋文静非常亲切、友好，总是会露出灿烂的笑脸。

蒋文静想到了苏轼的诗句"此心安处是吾乡"。虽然在异国他乡建立归属感和生活的信心并不容易，但身边的人一直给予温暖，她的心已经逐渐地安定了下来，觉得生活既充实又快乐，这里有了"家"的味道。

房东一家给蒋文静留下了许多美好的回忆。他们经常带着她在夏日的傍晚去摘桑葚；周末一起带上望远镜去森林里寻找鹿；他们喜欢耐心地为她讲解当地的风俗……房东还做过许多好吃的英国菜，打破了蒋文静对英国"黑暗料理"的偏见。

因为这个村子离蒋文静上课的学校比较远，她提出要骑自行车去学校。房东听了以后没有马上表示反对，而是让他的女儿和蒋文静一起骑自行车去学校。一天早上，骑自行车出行的尝试开始了。英国的乡间小路没有自行车道，一辆辆汽车在路上飞驰，几乎是擦着两个女孩儿的身体驶过。她们越骑越累，慢慢觉得力不从心。这时，两个女孩儿发现一辆熟悉的车在不远处跟着她们。原来，房东不放心她们，一直开车在后面保护着。房东问蒋文静感觉如何，蒋文静说骑自行车太危险了，决定坐公交车去学校。房东微笑着称赞，认为她做了一个非常正确的决定。蒋文静在心里默默地为房东的这种教育方法竖起了大拇指。慢慢地，她也将这种富有耐心和宽容的教育方式融汇在了汉语教学中。

后来为了离学校近一点，蒋文静搬离了这个美丽的村子，住进了一对香港夫妇的家。因为有相同的文化背景，她与房东一家交流起来方便很多，她的"家"越来越舒适了。房东姓钟，她叫他钟叔叔，他们一家人已经在这个小镇上生活了三十年。钟叔叔说他们刚到这儿的时候，这里除了他们看不到其他的中国人，而现在这个镇上的中国人越来越多。她心中暗自感叹，这跟中国的国力变强有莫大的关系。十年前的英国几乎没有人学习汉语，那个时候很多学校会开设法语、德语、西班牙语、日语。而现在的英国，有越来越多的学校开设汉语课程，像她的学校，学生可以选择的第二外语除了法语就是汉语，足以证明汉语的地位越来越重要。

英国的冬天很漫长，从十一月份开始，下午三点以后天就开始慢慢黑了。很多次，蒋文静刚结束一天的课程，外面已经是一片漆黑。回到住的地方吃了晚餐以后，大家会开始读书，从晚上六点到晚上九点左右，这是英国人的一种生活方式，他们很爱读书。坐火车或地铁的时候，很多英国人会掏出一本书来，默默地看。这个国家的人礼貌、优雅、客气，他们重视精神生活，他们小心翼翼地守护着老一辈人留下来的东西，比如房子，比如火车，比如他们依然坚持写信寄信，依然读纸质的报纸，看纸质的书，他们小心翼翼地在这个快节奏的世界里过着一种平静、属于他们节奏的生活，就像这个国家的树一样，古老而坚定，站在那里，诉说着他们的故事。

在离任前夕，蒋文静一如既往地备课、上课。看似平静，其实她一直在与内心的伤感做斗争，告诫自己不要分神，认真"站好最后一班岗"。学生们比之前更加了解并喜爱中国文化，她也在上课过程中不断锤炼自己的教学技巧并发现了自我的价值，她收获了太多太多。当学生跟她说"老师，我喜欢你""因为你，我更喜欢汉语了""我要去中国看熊猫和你"……她的内心无比骄傲，无比喜悦。

原以为在韩国经历了一次离别，这次不会再那么伤感，可是蒋文静在跟学生们道别后仍旧哭得像个泪人。徐志摩在离开这片土地时写下了"轻轻的我走了，正如我轻轻的来；我轻轻的招手，作别西天的云彩……"，蒋文静希望自己能和诗人一样洒脱。她知道自己带不走这里的一切，她也知道，就算离开，以后也会有无数个日日夜夜回忆和思念会将她拉回这里，这里的蓝天白云、这里的狂风阴雨、这里喜欢汉语的孩子、喜欢中国文化的人们……早已经刻在了她的心里。是啊,她还没有教够呢。

人生是一辆单程的列车,在不同的站都会遇到形形色色的人,有的人会相识,有的只是擦肩而过;有的会短暂地停留,有的能陪我们看最后的风景。那些沿途的风景让我们驻足停留感叹,那些美好的人和故事温暖了以后的整个岁月,让我们更有勇气和希望。

"Life is just like a box of chocolate. You never know what you are going to get." 电影《阿甘正传》中这样说道,蒋文静也将这句话写在了日记本里。生活中,人们无时无刻不在面临选择。蒋文静在做志愿者工作时遇到的每一个困难和每一份感动都是帮助她实现梦想的珍宝,她对自己选择当一名汉语教师志愿者毫不后悔。她喜欢尝试各种新的事物,喜欢挑战,喜欢生活给她带来的惊喜。她说:"五年前的我没有想过今天的我会有机会来到韩国、飞到英国,会认识这么多可爱的人,发生这么多有意思的故事。命运之手推着我继续向前,虽然不知道明天的我会在哪里,认识谁,发生什么,然而那样的明天还是叫人期待。回望过去走来的路,不管是泥泞还是大道,都突然开出鲜花来。而我所经历的一切,都会像养料一样,沉淀成我身体、精神和性格的一部分。"

蒋文静回国后仍在坚持汉语教学工作,她时时刻刻不忘自己的初心,坚守着她的梦想。2017年11月,蒋文静负责接待德国驻成都总领馆副总领事、德国高校教授以及西华大学副校长一行客人,她在充当翻译的同时仍在不遗余力地宣传中国文化、推广中国文化,受到了外宾的高度赞扬。

蒋文静觉得汉语教师志愿者的工作是终身的,无论是在一衣带水的近邻还是在远离中国八千公里的欧洲，有越来越多的人能够用汉语说一句"你好，谢谢"，这就是她的梦想。蒋文静说，她要感谢祖国，感谢它的强大和美丽，感谢它张开手臂把她送到异地他乡，给了她机会去了解这个世界和其他的文明，完成传播中华文化的光荣使命。中华文化在世界文化大花园里绚烂夺目，然而由于历史的原因，它被忽略了太久，她是多么的幸运，作为一名文化使者，让异国他乡的人们了解哪怕一点点它的样子，也会让她的人生变得更加丰富而有意义。

【致志愿服务】

2017年10月18日，习近平同志在十九大报告中指出，推进诚信建设和志愿服务制度化，强化社会责任意识、规则意识、奉献意识。

志愿服务是几乎每个文明社会不可缺少的一部分，是指在不求回报的情况下，为改善社会、促进社会进步而自愿付出个人的时间及精力所做出的服务工作。志愿者通过参与志愿服务，使自己的能力得到提高，同时也促进了社会的进步。

志愿精神的核心是服务、团结的理想和共同使这个世界变得更加美好的信念，是人文精神的最高级表现形式。"赠人玫瑰，手留余香"，志愿是一种无私的奉献，方便别人的同时也会给自己带来快乐，成就别人的同时提升了自己，这就是奉献精神的高尚之处，是志愿服务精神的精髓。奉献不需要惊天动地；有一分青春，就发一点光，用善良温暖周围的世界。

志愿服务让雷锋精神无处不在，正如《雷锋精神赋》中所赞扬的："滴水光辉，照亮社会迷茫；青春道德，催绽心灵芜荒。热血奉献，俱是雪中之炭；螺丝精神，非是锦上之芳。扎根土地，总得事事优秀；慷慨从容，敢为百姓脊梁。克己以正身，宽心以助人，平凡之不平凡，雷锋精神也。"

爱的奉献，孝行天下
——孝老爱亲标兵 肖 霞

【青春箴言】

　　道德的力量在于传播,让孝心在道德的长河里荡出美丽的涟漪。

她叫肖霞，是一个90后的湘妹子。

她是湖南商学院北津学院工商管理专业2010级本科生。

她是一个孝顺的孙女，多年来，她照顾抗日远征军人遗孀蒋冬姣。

她是一名英姿飒爽的女兵，拿出自己1.2万元的大学生学费补贴资助了6名生活困难的同学，助他们顺利完成了学业。

阿里巴巴集团授予她5000元钱的"正能量奖"，她全部用来资助湘西5名家庭困难的小学生。

她先后获得湖南省"百佳学生党员""当代雷锋式大学生""最美湘女""三八红旗手"等荣誉。

她被评为2015年度"感动中国之感动湖南人物""第十二届中国大学生年度人物候选人"。

爱的奉献，孝行天下

在家乡湖南，她是十余年关爱远征军遗孀的"道德模范"；在部队，她是一名吃苦耐劳的巾帼女兵；在学校，她是一名富有爱心、品学兼优的"百佳学生党员"；在生活中，她是一名向上、向前、向真、向善的商院学子。她的名字叫肖霞，1991年出生，湖南商学院北津学院工商管理系工商管理专业的学生。

肖霞品学兼优，在新宁一中读高三时，便光荣加入中国共产党。2010年以优异的成绩考上湖南商学院。2011年12月，肖霞响应国家政策光荣入伍，成为一名大学生女兵。2015年3月返校学习，于2017年6月毕业。她的先进事迹被《光明日报》《中国教育报》《解放军报》《中国妇女报》《湖南日报》《今日女报》、光明网、中国青年网等多家媒体报道。2015~2017年，湖南省教育电视台先后以"孝老爱亲"为题报道肖霞事迹7次。肖霞曾荣获"湖南省百佳学生党员""湖南省当代雷锋式大学生"、湖南省"最美湘女"、"阿里公益天天正能量奖"、团省委2015年度"芙蓉学子奖"、国家奖学金、2015年度"感动中国之感动湖南人物"等荣誉。

这是一个孝心在道德长河里荡出美丽涟漪的故事。

肖霞有一颗孝顺之心，她敬父母，爱外婆。这似乎还不够，肖霞还跟100岁远征军人遗孀蒋冬姣有至亲之情。20年，肖霞对蒋冬姣老人照顾有加，她们不是亲人却胜似亲人。20年，从初中、高中到大学，女孩肖霞把生活费节省下来留给老人；成为一名大学生女兵后，服役三年里，女兵肖霞委托打工的父亲每月邮寄200元给老人，善举坚持了36个月；服役归来，大学生肖霞又实现承诺，拿出攒下的津贴为老人举办了百岁宴……

道德的力量在于传播，肖霞的善举先是感染了父母，再是感染了邻居，然后又感染了全村。全村都对这位孤寡老人十分孝顺。

20年，绝对不是肖霞对老人行善的时间长度；一村，肯定也不是人们对老者孝敬的空间距离。村里的人一提起肖霞，就竖起大拇指说，"细佗（肖霞的乳名）是个好妹子！"

一个人带动一个村

湖南是华夏文明的重要发祥地之一，相传炎帝神农氏在此种植五谷、织麻为布、制作陶器，坐落于炎陵县西部的炎帝陵成为凝聚中华民族的精神象征；舜帝明德天下，足历洞庭，永州九嶷山为其陵寝之地。湖南自古盛植木芙蓉，五代时就有"秋风万里芙蓉国"之说，因此又有"芙蓉国"之称。淳朴重义、勇敢尚武、经世致用、自强不息是湖湘文化的基本精神。"淳朴"，即敦厚雄浑、未加修饰、不受拘束的生猛活脱之性。"重义"，即强烈的正义感和向群性。二者融贯，构成了独特的湖湘文化。

肖霞的老家在湖南省邵阳市新宁县增桥村，是一个山清水秀、民风淳朴的小山村，偏僻闭塞。肖霞的父母质朴、勤劳，父亲开过手扶拖拉机，开过货车，在县内跑运输，相对村里人来说，家境比较好。后来，同许多村民一样，肖霞的父母一直在沿海地区打工，肖霞成了一名典型的留守儿童，随外婆长大。

肖霞家在5组,外婆家住在4组,两个组隔了一条小河,相距半里山路。

那一年,肖霞还不到一岁,便和两岁半的姐姐肖丽霞被父母送到外婆家。肖霞和蒋冬姣老人的爱心交集便是从她留守外婆家时开始的。外婆家是一栋土坯房,蒋冬姣和肖霞外婆是邻居,两家素来相处得很好。在肖霞的记忆中,蒋奶奶经常到外婆家走动,有什么难题都找外婆帮忙解决。外婆对蒋奶奶有求必应,从不嫌累。家里一年吃一次鸡肉,外婆会叫肖霞送一碗给蒋奶奶。在这个贫穷却富有人情味的山村,外婆和村民一起照顾蒋奶奶,他们言传身教,肖霞像一株向阳而生的植物一般生长,吸收所有光和亮,留下的都是温暖。

蒋冬姣的丈夫叫肖盛林,一生充满了传奇色彩,年轻时是中国远征军的一名战士,1942年曾前往缅甸和日军作战。在缅甸的野人山,他与战友们浴血奋战,九死一生。中国远征军是抗日战争时期中国入缅对日作战部队,亦称"中国赴缅远征军""中国援缅远征军",是中国与盟国直接进行军事合作的典范,也是甲午战争以来中国首次出国作战的军队,对亚太地区反法西斯战争起了重要的作用,打击了日军的嚣张气焰,大大增强了民族自尊心和自豪感。抗战胜利后,肖盛林回到了故乡务农。20世纪70年代,他任村民兵连的射击教练。

肖盛林身材魁梧,敢作敢为,在地方上很有威望。因他与妻子没有生育,夫妻两个人特别喜欢孩子。肖霞常去肖盛林家玩,两位老人最爱呼唤肖霞的乳名"细佗",视细佗为心肝宝贝,有什么好吃的都留着给肖霞吃。肖盛林还常给肖霞讲述他与战友们在野人山打日本鬼子的故事,教她敬军礼,帮她做木头手枪。受肖盛林的熏陶,年幼的肖霞对军营充满了憧憬。

对于小时候照顾老人的细节,肖霞有些不记得了。不过,孩子的善行一

爱的奉献，孝行天下 —— 孝老爱亲标兵 肖 霞

直清晰地留在增桥村村民的记忆中。肖香彩是增桥村党支部书记，非常了解村里的情况。蒋奶奶家没井，只能来肖霞外婆家打水喝。蒋奶奶年纪大，又驼背，每次只能打一小桶，走三步歇两步。肖霞和姐姐主动承担起为蒋奶奶打水的任务。打水需要通过"手摇"把水从地下压上来，姐妹俩手上没力，只能让整个身体悬空，靠体重一点一点往下压，每次取小半桶水，用小扁担踉踉跄跄抬到蒋奶奶家。除了打水，姐妹俩还帮老人捡柴、摘菜、打扫卫生。那时候，肖香彩几乎每天都能看到这样的画面。

肖盛林在世时，老两口还能够去后山上捡点柴。但在肖霞7岁那年，肖盛林去世了。蒋冬姣将房子和宅基地抵押，当了4000元钱作为丧葬费。"老肖走了，房子卖了，没人依靠又赚不到钱，以后的日子怎么过呀？"外婆担心的话语也让肖霞感到难过。是啊，八旬老人体弱多病，又没有子女照顾，生活没有保障。蒋奶奶每天坐在木门槛上，行动也不方便了，连说话的伴儿都没有，多孤独啊。常年受到外婆的影响，肖霞便主动为蒋奶奶做一些力所能及的事情。也就是从那时候开始，肖霞和姐姐承担起了照顾蒋冬姣的任务。

每天上学，肖霞要走一个多小时的山路。每天下午3点放学，其他的孩子一边走一边玩耍，往往要到快天黑才回家。但肖霞姐妹俩因为要照顾蒋冬姣，从不贪玩，总是很准时地回到家，做完作业后，立刻过去帮蒋奶奶做些力所能及的家务。几年后，老人一只眼睛失明，生活不能自理，身上常发出难闻的气味。肖霞照顾老人更勤了，经常为老人梳头、提水、洗衣、扫地。一栋乡下土房，一个病弱老人，一个纤瘦小孩，勾勒出一幅暖意浓浓的温馨画面。

后来村里的小学合并，上学路远，没有那么多时间帮蒋奶奶干力气活，肖霞就把早餐钱省下来，接济蒋奶奶，有时5角1元、有时5元10元。

有人问肖霞："是外婆对你好些，还是蒋奶奶对你好些？"

肖霞回答："外婆。"

"那你省下的钱为什么给蒋奶奶，不给外婆呢？"

"外婆有妈妈和舅舅，蒋奶奶什么都没有了呀！"

外婆在一旁听着，夸奖说："这孩子心善，有出息。"

上初中后，肖霞读寄宿学校，每个星期回外婆家一次。那时候，肖霞每个星期有20元的零花钱，但是她舍不得用，每周放假回家，都会买些零食送给蒋奶奶。肖霞的舅妈吕小红也是个心地善良的人，她经常看到肖霞帮助蒋奶奶，备受感动。增桥村虽然依山傍水，但由于山路弯曲，出行不便，又没有经济作物，村民普遍贫穷。但村民们的善举，并没有因为贫穷而吝啬，尤其在肖霞的感染下，大家更是用极大的热情参与到帮助蒋奶奶的行动中来。为了让蒋冬姣的生活有保障，村里组织决定每户人家每年出5公斤稻谷给老人。

"最开始，偶尔有极少数人不守约，但只要提到肖霞的名字，这些人就什么埋怨的话都没有了。"村支书肖香彩说，一个孩子能够做到，大人就更应该做到。正是在肖霞的影响下，照顾蒋冬姣成了增桥村村民不成文的约定，村民冷国姣的菜园紧挨着蒋冬姣家，每次摘蔬菜，总要给老人送上一份。村民唐叶彩干农活时经过蒋冬姣家，总要大声喊她一句，如果没有回应，就进屋探望，看到老人无恙再离开。

2007年7月，肖霞以优异的成绩考上新宁县一中高中部。开学前一天，肖霞买了蒋冬姣喜欢吃的蛋糕去看望老人家。临走，肖霞帮老人洗了澡，还把父亲奖励自己的200元钱塞给了蒋冬姣。老人虽然年纪大了，心里却明亮，蒋冬姣拉着肖霞的衣服，恋恋不舍地问："孙女，你是不是以后不要我了？"

肖霞回答："奶奶，我不会不管您的，您要好好生活，等您一百岁了，我还要给您做寿呢！"

读高中后，由于学习紧张，肖霞每个月只能回增桥村一次。蒋冬姣天天挨在门槛上，盼星星盼月亮地盼啊，仿佛肖霞已经成为她生命唯一的盼望。"奶奶，我是细佗，我回来看你啦。"肖霞喊了三四声，老人回过神来，哆嗦着抓住肖霞的手，一边念叨着细佗细佗，一边流眼泪。村支书肖香彩把一切都看到眼里，记在心上："蒋奶奶那种盼望的心情，令我们都深受感动。而肖霞每次回来都会给蒋奶奶钱，5元、10元、20元……一个学生娃娃哪里有钱啊。这些钱都是肖霞从父母给她的生活费中节省下来的。"是的，村支书说得没错，肖霞高中每个月的生活费只有300元，她每个月都省出50元当成蒋奶奶的伙食费。

2010年7月，19岁的肖霞出落得身材高挑，面容清秀，笔挺而立，和周围略显稚气的莘莘学子相比，言谈中多了成熟。这一年，肖霞成了新宁县一中少有的高中生党员，并以优异的成绩考上了大学。而此时，随着年龄的增大，蒋奶奶身体越来越不好，连烧水热饭都做不了了。想到自己要去长沙读书，看望老人的机会越来越少，肖霞心里非常难过。所以整个暑假，肖霞都形影不离地照顾着蒋冬姣，时而像个成熟的小大人，给老人无微不至的照顾，把鸡腿去掉骨头，撕成小块，送到蒋冬姣嘴边；时而像个调皮的小孩子，在老人怀里撒撒娇。一个多月的时间，老人享受到前所未有的天伦之乐，脸上的皱纹都乐开了花。

马上就要开学了，这时肖霞的心里浮上一层阴影。她虽然为即将奔赴盼望已久的大学生活激动不已，但是她更担忧走后蒋奶奶的生活该怎么办。外婆年纪也很大了,照顾自己还勉强,哪有能力去关照蒋奶奶。思来想去,肖霞满腹忧愁,却始终想不出可行的办法。

舅妈吕小红是个淳朴善良的人,她看穿了外甥女的心思。于是,当着村支书肖香彩的面,对肖霞说:"你安心去读书,以后我来照顾蒋奶奶。"吕小红承诺,她会完成肖霞的心愿,负责蒋冬姣的起居和一日三餐。

说起舅妈的付出,肖霞眼圈红了,声音哽咽着说:"这些年来,舅妈家里吃什么,蒋奶奶也吃什么,不容易。虽然他们夸我善良,但我从小在民风淳朴的村里长大,其实是村里的人教会了我做个好人。"肖霞的外公、爷爷、舅舅还有伯伯都是共产党员,肖霞从小就看着他们带着乡亲们修路、修桥、挖水渠。人无德无以立。正是因为她生活在民风淳朴的环境里,受到淳朴家风的润泽滋养,正是"爱"给予了她"友善"之源。

一场特殊的百岁宴

蒋冬姣老人的先生即抗日远征军军人肖盛林,生前经常给孩子们讲一些抗日杀敌的故事。由于自小受肖盛林爷爷的熏陶,年幼的肖霞对军营充满了憧憬,加上看到2009年国庆大阅兵时女兵的飒爽英姿,让她对军旅生活更是充满了向往。

2010年,肖霞考入湖南商学院北津学院。这所院校成立于2001年,位于千年古城长沙,是经湖南省人民政府首批批准,并经过教育部确认,由湖南商学院创办的本科独立学院。学院秉承和发扬湖南商学院"至诚至信,为实为新"的校训精神,坚持以人为本,注重学生创业、创新能力培养,不断深化教学改革，提升人才培养质量，学生综合素质不断提高。在这样的校风培养下，肖霞入学不久，就担任了学院第八党支部小组长，负责工商管理专业一年级到三年级的党员发展、入党培训等工作。

2011年秋，肖霞20岁，迎来了人生的一次转折。按照总参、总政、教育部、财政部《关于做好普通高等学校应届毕业生征集工作的通知》的程序和办法，高校女性应届毕业生预征对象确定工作与男性应届毕业生同步进行。年底征集时，确定为预征对象的女青年持《应届毕业生预征对象登记表》及相关证件，到入学前户籍所在地报名应征，参加省或地市组织的女兵征集，依据其综合评定分数高低，与其他应征女青年统一衡量。

这时，肖霞正在读大二，看到这个征女兵的通知，儿时的"军旅梦"瞬间被点燃了。这是多么难得的机会啊，如果应征成功，她就可以走进浪漫的军营，迈着整齐的步伐，唱起嘹亮的军歌，穿上潇洒的军装……想到这里，肖霞毫不犹豫地报名了！当时应征的人很多，很庆幸她一路"绿灯"通过。2011年12月，肖霞顺利从湖南商学院北津学院应征入伍，成为原广州军区司令部技术局一名光荣的大学生女兵，开始了难忘的军营生活。

肖霞是单位第一批女公务兵，三年来兢兢业业，尽职尽责，先后担任过公务员、通信员、水电管理员、声像员，不论在哪个岗位上，不论工作有多辛苦，她都毫不抱怨。肖霞常说："自己好，还要大家好。"她也是这么做的。小陈比肖霞晚一年到连队，也是大学生女兵，因不适应军营和学校在管理方式上的转变，喜欢独来独往，与战友关系不融洽。肖霞想帮助她，便采用了写信的方法。晚上肖霞写好信，早上交到小陈手上，第二天，被子底下就会收到回信。这种鸿雁传书的方式维持了几个月，小陈变得开朗起来，逐渐成长为一名合格的女兵。

肖霞的表现得到了领导和战友们的高度认可。2012年,肖霞由于表现突出,荣获广州军区"优秀士兵"的嘉奖。部队磨炼了肖霞,让她更加坚定、沉着,充满使命感和责任感。坚韧军风不断锻造、磨砺着肖霞,让她成为一位不怕困难的耕耘者,一名向上向善、勇往直前的"女战士"。

与此同时,肖霞最牵挂的是远在增桥村的蒋奶奶。因走得匆忙,她没来得及向蒋奶奶告别,她委托爸爸一定要将自己参军的事告诉老人。蒋冬姣也时时叨念着她的细佗。得知细佗当了兵,她逢人就讲:"细佗有出息了!"经过多年打拼,父亲肖剑峰已在广东省东莞市拥有了自己的实业。他知道女儿的心思,专门打电话告诉女儿,要她安心服役,蒋冬姣老人的生活由爸爸安排。随后,他出资在村里请了一位亲戚悉心照看蒋冬姣老人,并提供了生活费用,解决了老人的后顾之忧。

虽然一直挂念蒋冬姣,但由于部队军纪严明,肖霞只能把挂念藏在心里。2012年3月,新兵三个月的艰苦训练结束了,让肖霞感到惊喜的是她领到了三个月的服役津贴,每个月580元,共1740元。这对于肖霞来说是一笔"巨款"。如何用这笔钱呢?她首先想到了外婆和蒋奶奶。肖霞说:"后来,我打电话和我爸商量这事。我爸对我说,外婆有我们孝敬呢。蒋奶奶把你当唯一的亲人了,你把钱自己留一点,剩下的随你心意给蒋奶奶,外婆一定会赞成的。"后来肖霞才知道,父亲肖剑峰说这些话的时候,最疼爱肖霞、教会肖霞做人处事的外婆已在一个月前去世了。家人想让肖霞在军营安心,所以一直在瞒着她。而那天晚上,肖霞意外地梦见了外婆,橘子树开花了,蒋奶奶和外婆都坐在树底下,还像以前那样忙活着,看着她笑呢。

毫不知情的肖霞决定每个月从津贴中省下200元钱寄给蒋奶奶。可问题又来了，部队离城市有点远，且每个月她只能外出一次，有时遇到突发任务，甚至连唯一的一次外出机会都没有。为了让蒋奶奶每个月都收到钱，肖霞给远在广东东莞打工的父亲打电话，委托他每个月定期把钱打给村支书，再委托支书把钱交到蒋奶奶手中，等她兵役结束后把钱还给父亲。每每回忆起这些，肖剑锋都很动容，作为父亲看到女儿这样善良，他不能让孩子失望，因此必须答应。

2012年12月底，肖霞被批准回乡探亲。她的心早飞到了增桥村，飞到了蒋奶奶身边。12月29日，肖霞终于回到了故乡。她精心挑选，给老人带上了许多生活用品，路过镇上又特意为蒋奶奶买上一碗热腾腾的馄饨和一袋松软的蛋糕。蒋冬姣老人虽然眼睛半失明了，耳朵也有些听不清了，当日夜思念的肖霞出现在面前时，老人抱着肖霞激动地叫着："细佗，细佗，你回来了啊！"肖霞也喊着："奶奶，好想你哦……"

肖霞在部队服役3年，肖剑锋帮女儿给蒋冬姣老人打了36次款，共计7200元。36次只是个简单的数字，36次寄款的凭证也只有方寸大小，却是36次炙热情义的投递，36次纯真心意的表达。村支书肖香彩在每个月收到钱后，总会叫上见证人，把孩子的爱心及时送给蒋奶奶。这份爱的传递一直到2014年12月中旬肖霞服完兵役回来为止。

退役回来后，肖霞第一时间去看望蒋奶奶，想起7年前跟蒋奶奶承诺过给她办百岁宴，便特意找到蒋奶奶的户口本。一看到户口本，肖霞既惊喜又激动，因为户口本上显示，蒋冬姣生于1916年1月9日，虚岁刚好100岁！肖霞赶紧向村支书打听，才知道村里迄今为止，还从没有出现过百岁老人呢。

眼看老人的生日将至,肖霞决定兑现诺言,在村里给老人办一场特殊的"百岁宴"。为了让百岁宴办得热闹有气氛,肖霞还计划宴请村里60岁以上的老人,不仅要给蒋冬姣祝寿,也要祝福所有老人健康长寿。办事就需要花钱,经过详细的预算,至少需要4500元钱才能够把肖霞所想的百岁宴办下来。怎么办呢?退役回来的肖霞,身上只有不到3000元钱,还无力独自完成这个愿望。想来想去,她又一次想到了远在东莞工作的父亲。知女莫若父,肖剑锋二话没说,爽快地答应了。

2015年1月9日,趁着村里回乡过年的人多,父女两个人共同出资4500元,为虚岁100的蒋冬姣老人举办了百岁寿宴,同时邀请了在县里工作的党员干部、村里所有党员以及村里60岁以上的老人参加。许多人深受感动,忍不住热泪盈眶。村里好久没有这么热闹了,而蒋奶奶更是乐开了怀。道德的力量在于传播,肖霞的善举感染并带动了全村,全村都对这位膝下无子的孤寡老人十分孝顺。当很多人对肖霞的善举表示钦佩时,肖霞却说:"照顾奶奶没有很多理由的,因为她没有亲人,需要人走近她。其实说一千道一万,我就是希望每个老人都有幸福的晚年。"

爱的奉献，孝行天下 —— 孝老爱亲标兵 肖 霞

肖霞陪着老人看老照片。

2016年元月，101岁的蒋冬姣老人带着对温暖乡村的眷恋，永远地离开了人世。学习繁重的肖霞和忙于工作的肖剑锋得知老人去世的消息后，都赶回了新宁县老家。在女儿的爱心感染下，肖剑锋出资2万余元为蒋冬姣老人办理了后事，并慰问了30多个生活困难的家庭。

2015年"感动湖南"人物颁奖礼上，给肖霞的那段颁奖词是这样说的：她不是亲人，却胜似亲人。她张开稚嫩的羽翼，温暖了一个老人的晚年。老吾老以及人之老，幼吾幼以及人之幼。这并非一个"大同"的天下，她却生出了一颗天下大同的心。20年至亲至孝，她让水浓过了血，善良超越了亲情。

资助同学渡难关

2013年，学校给肖霞退了两年的参军学费补偿，共计1.2万元。肖霞想起自己班上的同学快大四了，准备实习找工作，用钱的地方很多。记得班上有一名同学生活很困难，每天吃饭都只打茄子炒豆角这一道素菜，早上就花一块钱买两个馒头。想到这里，肖霞很心疼，决定委托班长贺明斌，把这笔补偿费捐出去。

当贺明斌接到肖霞从部队打来的电话时，他感到很震惊。肖霞跟他说，由于她是大二去当兵的，按照国家政策有1.2万元学费补贴，她说自己现在在部队用不着钱。看看班上同学哪些有需要帮助的，就把这钱全部拿出来。而且肖霞还说："这个事情动静不要太大，怕受到帮助的同学为难，请辅导员老师把一下关就可以，更不能宣传。"

震惊之余，贺明斌觉得能够帮助肖霞完成这么一件高尚的事情是莫大的荣幸。随后，贺明斌带着其他班干部，一起对同学们的情况悄悄摸底，最后确定了6个资助对象。原本计划每人2000元，但有两个同学主动提出只要1000元钱。剩下的2000元钱，肖霞想资助山区小孩子读书，但父亲肖剑锋提议，资助永州东安县一名考上中国科学技术大学的贫困生。肖霞接受了父亲的建议，决定帮助这名贫困生，每年资助他1000元。不过，肖霞的参军学费补偿只剩下2000元，只够资助这名学生头两年，那么后两年的任务就由父亲肖剑锋负责了。

2013年初，肖霞回家探亲，回了一次学校。那时候，使用苹果手机、平板电脑成了一种时尚，但班长贺明斌发现，肖霞的手机还是大一进校门时的那一部。看到这些，贺明斌眼睛有些湿润。

小唐正是肖霞当年资助的6名同学当中的一位，如今已经通过自己的努力在长沙一家公司担任会计助理。虽然事情已经过去两年，但小唐依然对肖霞充满了感激。肖霞资助她的2000元钱，可以让她4个月不用为生活费发愁，让她能安心读书，所以小唐一直很感恩。

2014年6月，几名受到过肖霞资助的同学都找到了工作，纷纷打来电话感谢并表示要加倍偿还当初的资助金。肖霞得知后笑着说道："你们把这份爱心传递下去，就是对我最好的补偿了。"同学们接受了她的建议，并一起给肖霞送来扇形感恩匾。如今这个感恩匾依然存放在辅导员谢慧智老师的办公室里，上书"上善若水"。后来，肖霞又把"阿里公益天天正能量"5000元奖金全部拿出来资助山区孩子。肖霞助人为乐的行为一直没有停止过。

2014年12月，肖霞兵役结束返校，编入新的班级，于是她有了两个班级的同学，双份友谊。2015年的"五四青年节"来临之际，校党委书记王汉青、校长陈晓红分别接见肖霞，详细询问了肖霞返校后的学习生活情况，鼓励她转变角色，静下心来好好学习。校领导指出，肖霞同学敬老爱老、助人为乐的精神是社会主义核心价值观在青年大学生身上的生动展现，是广大青年学生学习的榜样；她讲奉献、讲友善、讲付出的高尚行为和无私情怀，继承了传统美德，展现了90后大学生的可贵精神和良好风貌，是大学生的典型代表，是学校的品牌与骄傲。希望全校学生以学习肖霞同学先进事迹为契机，端正学习态度、提升人生境界，在"五四精神"和社会主义核心价值观的指引下，努力学习、深入实践，在回报社会、服务人民的伟大事业中成就自我价值。

五月的大学校园，开满洁白的玉兰花。漫步林荫道上，肖霞穿着白色衬衣，黑色背带裤，齐肩短发清爽漂亮，微微青涩的笑容透露出真诚。在部队服役3年后再次回到大学校园，此刻的肖霞依旧朴实阳光，而眼前的校园依旧让她喜欢不已。她走在同学中间，感受着青春的活力、纯真的友谊。

5月4日，湖南商学院举行了一场先进事迹汇报会，发起"向肖霞学习"的号召。《今日女报》联合阿里巴巴集团授予肖霞"阿里公益天天正能量奖"。这份奖励，是因为肖霞的行为应该得到更多的褒奖和敬意，也愿这份奖励能够成为孝心的催化剂，让更多孤独的老人得到关注和照顾，让夕阳有爱，让人间无殇。

肖霞在一次演讲时说道："部队磨炼了我，让我更加坚定沉着，充满使命感和责任感。作为一个党员，我也要做一株木棉花，扎根地下，绽放天空，敢于承担和奉献。到部队没多久，我的外婆去世了，我记得外婆跟我和姐姐说的话，'做人首先要和别人合得来，你对别人好，别人也会对你好。有了事业，才有能力帮别人'。外婆生前对蒋奶奶好，我也会一直对蒋奶奶好。我父亲承担了村里所有孤寡老人的水电费，修建了公共停车场，一共资助了3名大学生共4.2万元直到毕业。还有我舅妈吕小红，自从我读高中离开家，就是舅妈在照顾蒋奶奶。尤其是这几年，蒋奶奶完全失去生活自理能力，舅妈除了干自己家里的活，还要给婆婆端茶送饭，一天三餐不间断。是他们的爱引领着我，让我也要做一个孝老爱亲的人。"

照顾蒋奶奶、帮助同学、资助贫困生……这些令他人感动的举动，在肖霞看来并没有什么大不了，就像庄稼从地里长出来一样自然，让她长成一个向阳而生的姑娘。面对肖霞的大爱善举，湖南商学院党委书记王汉青评价说："爱国是根，敬业是干，诚信是叶，友善是花。肖霞通过十几年如一日的价值实践,在自己心里开满了友善之花,在他人心里栽下了友善之花,心有余香,香远益清。"

弘扬正能量,孝爱践行在商院

校园里,就在关于肖霞报道的报纸出版的第二天下午,在北津学院的宣传栏里贴出了《今日女报》。一群学生围着宣传栏,站在后面的学生甚至踮起脚尖仔细阅读报纸。不时有学生感叹:"这是我们学校的?""满满的正能量啊!""肖霞值得我们学习!"

肖霞的老师更是赞扬道:"肖霞的善举是多重身份优秀品质的体现。"

在整个湖南商学院,"肖霞"已经成了正能量的符号。网络上,"湖南商学院北津学院吧"里,有学生把关于肖霞的报道放在贴吧里,这些平时张扬个性、语不惊人死不休的学生却格外恭敬和谦虚,这一次,留言内容全部是对肖霞的赞誉。

湖南商学院院长陈晓红说:"肖霞身上体现了中华传统美德,那就是以人为本、以善为本,不管社会如何变化,个人如何发展,'根本'不能丢,我们要大力弘扬这种'不忘本'的友善精神,让友善之心常在,友善之花常开。"

湖南商学院党委副书记夏继春评价说:"肖霞身上集中了多重身份,代表了中国女性传统的善良,集中了'90后'在校大学生的优秀品质,展现了退役女兵的高尚风采。"

湖南商学院北津学院办公室主任彭昊说:"肖霞的善良,首先是受父母和亲人的影响,然后她的善良又影响到了别人。好的家风家训影响了肖霞,肖霞的行动影响了村民。现在,肖霞的善举在感动学校老师和同学的同时,也肯定会影响社会。"

肖霞的精神如一阵春风,吹拂着北津校园的每一寸土地。她所在的北津学院工商管理系第二学生党支部,也积极组建了"党员服务队"。自2014年开始,支部党员积极投入到大泽湖街道东马社区五保户老人的定期关爱行动中,看着老人往日不曾扬起的嘴角,他们会心一笑。

肖霞和支部党员事情做得越多,友善之风吹拂的花蕾也越多。渐渐地,其他支部学生党员、学生干部、青年志愿者协会、爱心基金会社团等,都加入到这个行列之中,组成了"肖霞号"馨青年孝爱践行团队。

"肖霞号"馨青年孝爱践行团队,是致力于关爱老人及留守儿童,对周边中小学开展义务支教的实践团队,下辖"孝行天下"之"馨青年"义务支教小组、"关爱践行"服务小组。团队高高举起"爱与温馨"的大旗勉力而为,参与过相关活动的志愿者多达2300余人次。"肖霞号"馨青年孝爱践行团队,成功申报"中国宋庆龄基金会·星巴克青年领导力项目",获得团省委2016年度"芙蓉学子·公益行动奖"。

团队成立两年多,率先示范、以身作则,组织活动,发挥才情,以实际行动践行中华民族尊老助老的传统美德:

一是探视、调研学院属地养老机构状况。团队通过实地调查发现和了解到,东马社区有13位五保户老人,星城敬老院有48位空巢老人,康乃馨国际老人医院有30多名留守或身体欠佳老人。

二是组建"孝行天下"帮扶小组。每周小组成员把近百位老人作为重点关爱对象,每周末都去看望老人并做一些力所能及的事情,让友善之花开得越来越艳,让爱心之果结得越来越多。湖南省教育电视台在2015年11月,播放了湖商学子"关爱老人,你我同行"的先进事迹。

三是开展帮助搞卫生、谈心交心、陪伴散步、文艺入室、赠送温馨小礼品等多样化送温暖活动。在星城敬老院,该团队建立"爱心小书屋",利用周末时间举办"读书日",陪伴留守老人一起共度美好时光。根据老人的身体条件以及家庭情况,"孝行天下"帮扶小组在13位五保户老人中,先重点帮扶4位五保户老人,每周陪老人们外出散步、练太极、做老年人健康操,与他们一起下田地劳作,从而避免出现空巢老人长时间蜗居家中、缺少锻炼的状况。在康乃馨国际老人医院,他们除了做一些日常护理工作外,每月还策划了主题文化活动,与他们一起共赏才艺表演等。两年多来,该团队成员先后与敬老院老人交流400人次,捐书500余本,举办"读书日"十余次;探望、慰问五保户老人家100余次;在康乃馨国际老人医院举办了十余次关爱活动。

"馨青年"义务支教小组通过实地调查,走访议谈,和学校周边的中岭小学、大湖中学达成合作,成为共建单位,为农村儿童的综合素质教育共同助力。支教活动于2014年6月正式启动,支教小组遵循"优中选优"的原则,选拔责任心强、综合素质高的优秀学生组成支教队伍,并进行课程培训和道德素养教育。小组还确立了双师授课模式,由团队工作人员以文字、照片、视频等形式记录老师上课的全过程,课后汇总支教老师上课情况,并及时与两所支教学校负责人进行联合考评。科学的管理和严格的监督有力地保证了支教课堂的授课效果。

为进一步拓展中小学生的综合素质,因材施教,该团队特针对大湖中学的初一、初二学生，开设了英语口语、韩语、音乐、武术、演讲与口才、乒乓球、篮球、象棋、美术等9个课程；针对中岭小学的3~6年级学生，开设了经典诵读、素描、音乐、剪纸、硬笔书法、毛笔书法、儿童科幻画、篮球、羽毛球、乒乓球、英语童话剧、课本剧、新闻主持、中国象棋等14个科目17个班。"功崇惟志，业广惟勤"，支教项目开展一年以来，该团队共计派出支教老师460多人次。其中42人被学院和大湖中学、中岭小学共同评为"优秀支教老师"，15人被评为院级"青年志愿者服务优秀个人"。此支教活动在大湖中学、中岭小学学生及家长中影响广泛，受到双方学校校领导的一致好评，并多次被望城区电视台报道。

　　与留守儿童并肩同行，温馨情谊渐渐蔓延。该团队下设留守儿童关爱小组，对学校周边的中小学实地走访，通过多次实地家访调查，有六名留守儿童作为重点对象进入了团队的视野，团队委派精干成员分三个阶段开启了"一对一"关爱、精准帮扶行动。第一阶段聚焦于中岭小学的两位留守儿童：三年级的周楚娜和四年级的周楚雄。他们生活在一个特殊的家庭，他们的外婆瘫痪数载，外公年过七旬，没有劳动能力，而亲生父母则是八年未曾谋面。小学三年级的妹妹和四年级的哥哥与外公、外婆一起住在养老院，四人住在一室一厅，十分拥挤。团队根据这两个留守儿童的实际情况制定了具体的帮扶程序。为他们建立了成长档案，并与中岭小学负责人共同推进关爱留守儿童的帮扶行动，在该校成立了留守儿童心理咨询室并开设了亲情电话、心灵信箱等。为进一步深入志愿者与留守儿童的交流，他们每周末携手楚娜、楚雄兄妹俩参与社区的公益活动，走出校门，感受社会的温暖，感知湖商学子浓浓的正能量。该团队后续将招募更多优秀的湖商学子，共同施行团队第二、第三阶段的帮扶计划。

"肖霞号"馨青年孝爱践行团队。

友善如花儿绽放

2017年6月15日,湖南商学院北津学院举行毕业典礼。在典礼上,肖霞作为毕业生向学校捐赠3万元,并成立了"肖霞孝爱基金"。"基金"将资助身体残疾、励志向上、品学兼优的在校学生,在周边社区为留守儿童建立"肖霞爱心书屋"。

这样的举动再一次令人震惊不已,而懂肖霞的人非常理解她的初衷。5月13日,肖霞和校友张迪在东莞完婚。婚礼虽然很简洁,礼金不到6万元,但她提出把3万元礼金捐给"肖霞号",用于该团队践行孝爱,帮助更多需要帮助的人。肖霞的提议得到了新婚丈夫及双方父母的一致赞同。随后，肖霞向学校相关领导和老师做了汇报。如今婚礼讲排场、攀比成风，肖霞的这个举动是向上向善的，传达给社会的也是一种满满的正能量，这样的学生是湖南商学院的骄傲。对于为什么要把这个环节放在隆重的毕业典礼上，校领导王文平说："我们觉得，肖霞同学的先进事迹，是足以给我们当代大学生做榜样的，也是学校给即将走上社会的学生上的最后一堂课，希望肖霞的大爱精神传递给更多学生。"

古人有云："不积跬步，无以至千里；不积小流，无以成江海。"也许，他们所做的一切并不那么显赫，也不会造成惊天动地的声势，但是这并不意味着他们的所作所为如江中滴水，无声无息，而是这滴水漾起的圈圈涟漪也能让江海多一份美景。越来越多的同学们加入到"肖霞号"，他们秉承"老吾老以及人之老，幼吾幼以及人之幼"的理念，充分展示湖商学子的向上向善之心。

在2017年第十二届中国大学生年度人物评选活动中，更多的人认识了肖霞这个善良的姑娘，更多的人被她的精神所感动。关爱无边，真情漫漫。敬老爱幼是一个永久的话题，是当代大学生的义务。孝老爱亲，亦绝非坐而论道，历经数载，坚韧以行，不忘初心，方得始终。

孟子强调与人为善。友善既是高尚的个人美德，也是重要的公民道德规范，它所包含的理解、宽容、团结、互助，不仅让人与人之间充满温馨，也是社会和谐的基石。一个友善的人，总是以真诚的微笑示人，以阳光的心态看人，以发自内心的行为助人。友善是一轮红日，消融心里的冰封；友善是一杯清茶，冲走淡淡的愁绪；友善是一阵春雨，滋润干涸的大地；友善是东方鱼肚白打碎黑暗的一缕阳光,照耀万物。

最大的"友善"应该是孝老爱亲。在肖霞的身上,友善变成家乡的味道,是青春的步伐,是责任的升华。肖霞用自己平凡的举动,让老人感受到社会大家庭的温暖;用包容世界的爱心,显示了人生价值的所在,让爱与付出成为社会和谐的主旋律;用人间的大爱,诠释着生活中舍与得的真谛;用人间的至孝,昭示着超越平凡的勇气。无论天荒地老,无论沧海桑田,肖霞用她的赤子之心,续写了中华文明五千年来与民族血脉相连的荣光……

但丁说:"爱是美德的种子。"肖霞自爱中走来,亦将把爱与温暖相传;她并非出生于一个大富的家庭,但其大爱却与生俱来。肖霞的先进事迹被媒体报道后,引来广泛赞誉。湖南省委宣传部称赞肖霞的善举为"点亮一盏灯,烛照同路人"。我们相信,肖霞也将成为新时代正能量的一个标杆,让友善的力量像花儿一样绽放。

【致孝亲美德】

孝老爱亲，为人之本，这是人间真情的永恒旋律，是中华民族的传统美德，是中国人品德形成的基础，是中国文化中最悠久、最基本、最重要、影响最深远的传统伦理观念。

在《孝经》中，"孝"被开宗明义地肯定为"德之本"和"教之所由生也"，并被儒家视为"仁之内核"。乌鸦有反哺之义，羔羊有跪乳之恩。正如孟子所云："老吾老以及人之老，幼吾幼以及人之幼。"唐代诗人孟郊更有"谁言寸草心，报得三春晖"的名句。孝老不仅要孝父母、孝公婆、孝长辈，也包括关爱那些相识和不相识的年老之人，敬老、爱老、助老是我们义不容辞的责任。孝敬老人，关爱家人乃是为人之本。

古之孝者必有贤。祖母刘夙婴疾病，常在床蓐，李密何为？侍汤药，不曾废离，因而得皇上重用；子路借米孝亲，不畏崎岖的几十里山路，只为双亲能圆梦，因此闻名于孔子弟子；"母在一子寒，母去三子单"的闵损放下自己，爱及他人，一腔赤诚表达了他对孝的理解，一颗大爱之心让他在"二十四孝"中被铭记。而"扇枕温衾"，是古代二十四孝中的另一则故事：东汉江夏的黄香，酷夏为父亲扇凉枕席，寒冬用身体为父亲温暖被褥的孝举，千百年来感动亿万华夏儿女的孝举，温暖着亲人、温暖着你、温暖着我、温暖着每一位父老乡亲，令人肃然起敬。

孝者必贤，贤者必孝，因为他们懂得"百善孝为先"。世上最痛苦的是"子欲养而亲不待"，孝敬老人要趁早，不要让自己留下遗憾。只有孝敬自己的长辈，才会在社会上关爱他人。

树无根不活，人无根不成。孝是人根，人为家根，家为国根，根正天下平。弱女有情，涤亲马桶无嫌怨；孝子诚心，力报祖恩有德行。用仁德之心，抚慰老人的心灵，构建和谐美丽大家庭，使所有的长者都老有所养、住有所安、病有所医、老有所乐。

饮水思源,传承家风
——哈佛演讲第一人 何 江

【青春箴言】

没有人能够知道他将来能成为怎样的人,我们唯一能做的,便是朝着远方奋力迈进。

一段长达7分钟的哈佛大学毕业演讲，让出生在湖南农村的何江一鸣惊人。

在一档弘扬家风、传播中华民族优良传统的节目里，何江携父母、兄弟讲述了他们的家风故事，打动了无数观众。

他是哈佛大学博士、麻省理工博士后，哈佛大学毕业典礼首位登台演讲的中国人，《福布斯》杂志医疗健康领域30位30岁以下青年俊杰之一，世界顶级智库阿斯彭研究院阿斯彭思想节聚焦健康学者。

他更是拳拳的孝子，即使在万里之外的异国他乡读书，有着12个小时的时差，他也会每天一通电话与父母沟通，寄相思于家乡的父母。

"鸟欲高飞先振翅，人求上进先读书。"这是何家的家训，也是朴素又宝贵的家风。正是秉持了家庭的优良品质，正是传承了温暖、淳朴的家风，才让普通农民的湖南伢子有机会走出农村成为栋梁，成为祖国的骄傲。

饮水思源,传承家风

美国东部时间2016年5月26日,哈佛大学第365个毕业典礼日,在3万多名哈佛人的注视下,来自湖南宁乡农家的生物系博士生何江,身着红黑相间的学位袍,微笑着登上哈佛大学毕业典礼的讲台,成为历史上首位登上该讲台的中国学生。

这是哈佛学子可获得的校内最高荣誉,与何江同台演讲的还有著名导演史蒂芬·斯皮尔伯格。凭借一则自己中学时代被毒蜘蛛咬伤的"农村故事",何江迅速占领众多新媒体头条,国内媒体的采访报道也络绎不绝。他在演讲时说:"比以往任何时候都多,我们的社会强调科学和创新。但我们社会同样需要注意的一个重心是分配知识到那些真正需要的地方……"

2017年8月,湖南卫视《儿行千里》节目邀请的第一位嘉宾就是何江。当主持人用骄傲的语气介绍何江出场的时候,这位还不到30岁就如此优秀的少年,踏着"家"路稳健登台,经过观众席时不忘鞠躬致意,自信的笑容让所有人都感受到温暖和他谦逊的家教。

出生于农民家庭,父母文化教育水平一般,但从何江记事起,父母就会跟他强调"知识的力量"。农村孩子的成功之路很"窄",如果没有父母的鞭策,他很可能与很多同龄人一样,外出打工或留家务农,根本不会有现在这份荣誉。何江印象最深的是,无论白天农活儿干得多累、多苦,父亲何成都会在睡前给自己和弟弟讲故事。

这个父母都是普通农民的湖南伢子，是在怎样的家风教育中走出农村，成为栋梁。何家的四个家风坚持让所有人都深有感悟，而何江在离家万里后依然不忘孝心，保持了一颗赤子之心。正是家庭在自己成长过程中潜移默化的滋润，何江才能一直坚持自己的梦想。"鸟欲高飞先振翅，人求上进先读书。"这是何家的家训，也是朴素但又宝贵的家风。

天下父母总有相似之处。吃饭的规矩，看课外书的要求，何江每说完一条，情到深处，欲语凝噎，现场观众也偷偷抹泪。离家12年的何江与父母相隔万里，可有一件事他从未间断过，那就是坚持每天都与父母通视频电话。报平安、话家常，已经成为一种习惯，电话两头每次都"默契"地报喜不报忧，但每通电话都牵动着跨越洲际的爱与思念。

何江的这种孝心坚持，让主持人何炅感动之余也自我批评，认为自己做得还不够："我以为自己做得还不错，每次落地都会给父母发微信报平安，但跟你相比，我做得还不够。"而不少观众都表示，虽然信息发达了，但与父母的联系却并没有增加，在听过何江的家风故事后，最想做的第一件事情就是拿出电话，给爸爸妈妈打个电话或者微信聊天。

何江在读博士期间，利用单病毒追踪超分辨率成像技术（STORM）研究病毒感染人体细胞的具体过程，并探究人类具有抗病毒效应的基因。他成功入围2017年福布斯医疗健康领域30位30岁以下领军人物名单，如今正在麻省理工学院做博士后研究。从教育资源贫瘠的中国乡村到培养出了8位美国总统、上百位诺贝尔奖获得者的世界名校，何江的人生演绎着"知识改变命运"的传奇。

生于乡村，志存高远

1988年正月初一，何江出生于湖南长沙市宁乡县田坪乡停钟村。两年后，何江的弟弟出生了。这是一个偏僻落后的村庄，与村里其他农户明显不同的是，何江父母有个坚定的信念，就是不能为了打工挣钱，而让儿子成为"留守儿童"。

几年过去了，外出打工挣钱的人家，又是砌砖瓦房子，又是给孩子带礼物。但是，何江父母还是在家乡养猪、种水稻，一家四口仍住在没有自来水的土坯房里，下雨天房顶漏雨，要用盆子去接。虽然这个小家一贫如洗，但因成长过程中有父母陪伴，何江与弟弟感觉很幸福。

父亲何毕成高中没毕业，但在那个年代，能上高中也算是村里的"知识分子"了。让何江印象最深的是，小时候无论多累多苦，父亲都会给他和弟弟讲睡前故事，坚持每天讲，几乎所有故事的主题都是"好好学习"，这也正是父亲要告诉孩子的，读书改变命运，给自己一个更好的出路。

除了给儿子讲睡前故事，父亲还严格要求两个孩子的学习。何江4岁就读小学了。每天放学后，别的孩子在田间地头玩耍时，他通常是被关在屋里"自习"，作业做完了，继续自习。有一次，何江有一道题不会做，就去问父亲，何毕成生气地说："我让你去学校读书，你不好好学还要回来问我？"何江只好自己慢慢琢磨，后来终于做出来了。这样的做法让何江显得很"另类"，与其他农村出身的孩子不太一样，因为他慢慢明白了"书中自有黄金屋，书中自有颜如玉"，于是疯狂地从书中汲取养料。

如果说父亲的严格让何江养成读书的好习惯，那么让他保持学习兴趣的是小学没读完的母亲曾献华。在母亲那里，两个儿子总能找到自信。何江现在知道，母亲当年的做法就跟如今他所见到的美国人的做法一样，以鼓励的方式给予孩子最大的自信，让孩子爱学习、主动学习，让他们平时多想、多写、多记，自觉养成良好的学习习惯。

在母亲心里，她的孩子们总是最棒的，为了增强孩子的学习兴趣，她要求孩子们把从课本里听到的故事念给自己听，遇到不懂的还会讨论一番。因此，何江和弟弟都喜欢给母亲"上课"。母亲的循循善诱，与何江如今正在接触的美国文化有着异曲同工之妙。起初，他到美国时很不习惯，不论自己提什么建议，导师都说你可以试试看，这正是美国的一种"鼓励文化"，无论是诺贝尔奖得主，还是那些名字被印在教科书上的"牛人"，都会习惯性地给予学生鼓励。他们会在跟你一起啃汉堡、喝咖啡、泡酒吧时，时不时地鼓励你一番，让你觉得"前途不错"。

母亲还让何江到田间地头，接受日晒雨淋，看春耕夏忙、秋收冬藏。因此，何江从小就明白想要得到东西，必须付出努力。对待孩子的选择，母亲曾献华通常是鼓励和尊重，与孩子做朋友。她经常与何江进行平等的交流，让他能够独立思考，保留个性，让他自信乐观地面对学习、工作和生活。

就这样，在中国典型的"严父慈母"教育氛围中，何江和弟弟从小就立志，要通过读书来改变人生。小学毕业时，何江想到乡上的私立学校读初中，学费一年一万。母亲曾献华为难地对他说："爸妈没有那个能力，你放弃吧，只要会读书，自己努力，在乡里也是一样的。"何江有些不甘心地进入乡里中学。那时的何江，不仅是全班身高最矮的，也是家里经济条件最差的，全班只有他一人穿着解放鞋，背着白色的"工人包"，家里刚刚有了第一台黑白电视机。但何江从不自卑，只是一直埋头读书，课间十分钟从不浪费在无聊的事情上。

他的目标很明确，考上宁乡一中！2002年，何江通过自己的努力，最终顺利考进了宁乡一中——宁乡县最好的高中。当时，他们全校只有4名同学考上。

宁乡一中历经百年，共计为国家培养了3万多名优秀人才，徐特立、李淑一、杨昌济、周世钊等教育名流先后执教于此，向警予、缪伯英、曾宪植等革命先辈相继学成于斯。何江那一届共1000多名新生，高中生共分20个班，其中1个重点班，1个艺术班，18个普通班。重点班是按照入学考试成绩分的，取前50名。何江入学的成绩不算特别突出，大概在180名左右，因此没能进入重点班。面对这样的落差，何江心中难免遗憾，但并不气馁，因为在内心深处，他并不认为自己会比别人差，他要通过读书改变家庭状况。

压力就是动力，何江更加勤奋，每天总是第一个进教室学习，晚自习最后一个离开。在同学眼里，何江虽然属于"贫困生"，经常穿一件浅蓝色的衬衫，是用缝纫机缝制的那种，但是他"心很大，胸襟、视野、格局也很大，人很亲近、很热心"。每次食堂开饭时，因为不想排队浪费时间，何江与"饭友"经常采取的方式是，以百米冲刺的速度最早跑到食堂，或者在教室待到最后，等到大部分人吃完饭，他们再去就餐。他的作业总是规规矩矩、工工整整的。有不懂的问题，他会穷追不舍，弄懂了之后，他还会反复练习，直到满意为止。

高一时，何江发现自己的短板后，马上想尽办法解决掉。例如，古文基础薄弱，他就买了《古文观止》《古汉语词典》进行拓展阅读，并给同学们分享里面的故事。渐渐地，他感到自己的英语水平与城里孩子的差距很大，就在英语老师的指导下，买了一本英文版《乱世佳人》回宿舍阅读，遇到不懂的地方就在旁边标注。他还向英语老师借了影碟《指环王》，躲在老师办公室看，为"小人物改变历史"的情节而感动。后来，他又参加英语班会，组织英语学习小组，定期参加各种练习英语会话的活动，凭着这股钻劲，终于把英语成绩提上来了。

高二时，何江立志学生物科学，他说："我们学生要敢于拥有自己的梦想，勇于立志改变世界。"几次考试过后，他的名字经常出现在榜单的前列，而那通常是重点班学生的领地。何江做到了，他的学习成绩非常优异，和班上另外三名同学被戏称为"四驾马车"。同时在其他方面，何江也颇为优秀。他特别注重培养自己的综合素质，积极参加学校各项活动，还是学校辩论赛的最佳辩手。

三年高中生活，何江孜孜不倦，面对困难从来不会抱怨和生气。面对同学，何江总是面带笑容，所以同学们称他"佛祖"，说他是一个有温度的学霸，不是一个冰冷的书呆子。至今，何江的同窗卢丝雨还记得，有一年初冬，天气寒冷，何江由于家庭条件不富裕，还是穿着一双旧凉鞋，几个同学商量后送了何江一双新球鞋。何江很感动，他没有拒绝大家的关心，然后用"教会大家100道数学题"的方式回报同学们纯真的情谊。

高考对于农村的孩子来说是一次跳出农村、改变命运的最好机会，何江和其他同学们都十分珍视。高三时，何江把目标定为北京大学，甚至在高考前见了北大招生办公室的老师。何江高考时满怀期待地走进了考场。然而事与愿违，高考成绩发布以后，何江没有考出理想的分数。父母问他的选择，何江这样对他们说："中国科学技术大学是培养科学家的摇篮，我想成为科学家。"就这样，何江选择了中国科学技术大学，这也是他人生第一次离开农村，走进大城市。

起步中科大,发愤图强

第一次走进中国科学技术大学的校园,何江就爱上了这里。那缀着紫藤的老北门,守护着始终如一的科大魂。低调,质朴,却是让人无法小觑的伟岸。老北门的紫藤已度过释放烂漫的年少时代,并把根系深深地扎在这片土地上——枝叶更加繁茂,藤儿遒劲有力,生命力越显顽强。

熏着微风,醉着花香。四季时光,一鉴亭旁。初识一鉴亭,何江就为之动容。印象中,许多校园都有那么一个小亭子,被用作静静的点缀,《中国科大报》的"一鉴亭副刊"便是由此而来。在这个最优美的栏目中,很多人会经常提到这个小亭子。从其"半亩方塘一鉴开,天光云影共徘徊。问渠那得清如许,为有源头活水来"的名字由来,到它娟秀飘逸和亭亭玉立的外形,再到亭下清水出芙蓉,一切都变得那么雅致有灵性,让人感知着畅快、清澈和活泼。而之于农村走来的何江,这种喜爱之情更强烈,甚至催生一种渴望,细细地寻访他不曾了解的科大往事。

中国科学技术大学,简称"中国科大",位于安徽省合肥市。1958年建校之际,首任校长郭沫若欣然秉笔,以饱满的创作激情填写了校歌《永恒的东风》的歌词。后经周恩来总理修改、审定后,郭沫若校长又邀请中国音乐家协会主席、著名音乐作曲家吕骥先生谱曲。1958年9月20日开学典礼,这首由一代文史巨匠、音乐家和政治家共同参与创作的、激荡科大人的旋律在中国科大校园响起。校歌中"又红又专、理实交融、团结互助、活泼英勇"的句子,更是在全体师生中广为流传……

从往事中走来,何江亲近着校园里的一草一木,体会着中国科大的精神

饮水思源，传承家风——哈佛演讲第一人 何 江

内涵：育人为本、学术为根、报国为魂。然而，作为农村学生，他初次踏上大城市，内心充满了陌生和不确定性，来自农村的标签像是一只隐形的手，拖拽住他们与老家远去的步伐。何江看到了一个不同的世界，求知欲的膨胀背后，也有隐约的自卑感。一般情况下，他不会告诉其他人自己是来自农村的，也尽量避免和其他人聊起小时候的事情。在这多重复杂情感的交互涌动下，何江认识了一个新名字——庄小威。庄小威，中国科大87年少年班学生，现为著名的生物物理学家，哈佛大学化学与化学生物、物理学教授，美国国家科学院院士，创办有庄小威实验室。2015年12月，当选为中国科学院外籍院士。获奖无数的她，被誉为是"中国科学界最接近诺贝尔奖的人"。

对于何江来说，能与如此知名的科学家是校友，何其幸运！于是，何江暗暗下定决心，要向中国科大最著名的校友庄小威学习，认真做科学研究，将来也要出国留学，盼望能在生物领域有一番自己的成就！

目标一旦确定，何江就把去哈佛大学学习的想法告诉了父母，父亲虽然笑话大儿子是在吹牛皮，但仍然默默地全力支持他。何江对未来有着清晰的规划，他是一个遵从内心所想并为之努力的青年，父母认为他"异想天开"也没关系，只要他自己付诸行动就好。他还从老师那里了解到，申请哈佛大学需要取得第一名的成绩，思想品德也要好，于是他开始朝着这方面努力，第一个寒假就开始用功，抓紧时间练习英语，9天时间背诵了9000个英语单词。不仅是家人，甚至是村里的人也常听到何江认真练习说英语。

天道酬勤，何江在大三时考了第一名，并获得了郭沫若奖学金，这也是中国科大学生的最高荣誉。国外高等学府在审核博士申请条件时，比较注重大学期间所做科研及申请者的研究能力，而他加入实验室做细胞生物学的研

究，也为申请出国留学打下了良好基础。

看到何江勤奋求学的身影，同学们都称他为"学霸"。在大家的印象里，学霸往往都是只学习，不与社会接触，但与大部分学霸不同的是，何江却非常喜欢社交。按照他自己准确的说法，应该是喜欢有针对性的社交，就是每次向别人提出问题前，一定要做好充分的调查，要不然就不去社交。在大学期间，香港理工大学校长潘宗光曾经来科大进行交流讲座，何江听完讲座后，主动和潘校长交流，他的睿智和上进给潘校长留下了深刻的印象。两个人从此结成了远距离的师徒关系，一直保持着沟通交流。

就这样，何江通过自己的勤奋努力，拿着学校导师和香港理工大学校长潘宗光的推荐信，顺利地申请到了攻读哈佛大学生物系博士学位机会，并获得了全额奖学金，实现了在哈佛大学学习的梦想。

圆梦哈佛，师承庄小威

美国哈佛大学，坐落于美国马萨诸塞州剑桥市，是一所享誉世界的研究型大学，是著名的常春藤盟校成员。这里走出了8位美利坚合众国总统，还有133位诺贝尔奖得主、18位菲尔兹奖得主、13位图灵奖得主曾在此工作或学习，其在文学、医学、法学、商学等多个领域拥有崇高的学术地位及广泛的影响力，被公认为是当今世界最顶尖的高等教育机构之一。

进入这样一所当今世界最顶尖的高等学院深造，来自中国偏远农村的何江第一年感觉很不适应也很不自信，文化冲击明显，甚至有压力。印象最深刻的是，在博士第一学年的时候，课堂上国内更多是老师主动讲，学生被动听，而美国的课堂重视学生的参与度,这也是评估学生成绩很重要的指标。当时何江在主动参与讨论、观点表达上有一些不自信,也是经过了很长时间才逐渐适应。

在语言上,当时来哈佛的时候,何江的口语并不好,毕竟在国内很少有机会能够跟外国人一起进行英语交流。但哈佛大学这边有很多优秀的资源,何江也主动去了解学校甚至美国的文化。对他影响比较大的一件事情是他申请了本科生宿舍辅导员的职位,这份工作不仅可以经常跟外国人交流,更重要的是可以了解美国大学的文化,只有真正跟不同的人接触,才能了解这样一个精英的学府培养的是什么样的学生。而且通过不断的交流,何江收获了很多,哈佛大学这样的国际学府有来自于不同国家和民族的学生,有多元价值观,赋予学生开阔的国际视角和更强烈的社会责任感。

在哈佛大学学习激发了何江的潜力和好奇心,何江充分利用各种资源、技术,在知识的海洋里遨游。凭着自己的刻苦钻研和探究力,他从各种激烈而残酷的竞争中脱颖而出。他相信是教育和高考把自己从一个世界带入了另一个世界,如果没有教育,农民可能几辈人都只能生活在同一个圈子里。

回首在本科阶段的学习、交往和生活,何江有时候也感慨良多。本科时他读的是生物学专业,但学校很重视数理的基础培养。当时他不明白,为什么生物专业还要学高等数学、物理学等学科。但来哈佛大学后,他有一个很大的感觉,尤其是真正做前沿科技研究的时候,以前学的知识都用上了,物理学、生物学、数学等融在一起,而他在博士期间的论文研究恰恰是跨学科的。在大学时学习一些基础课程的过程可能会很痛苦,但在实践中总能发现它们的用武之地。

从中科大到哈佛大学，这个过程有很多记忆深刻的事情，何江这些年自己有一个很大的感触。他从小就一直处在资源相对不丰富的环境，其实每到一个新环境中都有压力感，总觉得自己懂得的东西很少。但他的性格是对身边的事情都很好奇，愿意了解、学习。他从农村到城市再到出国留学，看到了完全不同的世界，他也愿意探索这个世界，去挖掘自己在乡下时没有被挖掘出的潜力。从偏理工科的中科大来到哈佛大学这样一个文理并重的学校，在刚开始那几年虽然很忙，但他同时在学习文科、商科、社会学方面的知识，会去听校园的各种讲座，跟不同学院的老师交流。何江当时有一个很简单的想法："哈佛大学有这么多资源，既然来到这，不能只专注于自己研究的领域，要去做各种尝试和学习。"好奇心其实起了很大的作用，也在驱使他不断前行和探索这个世界。

　　因为庄小威同样从中科大毕业的缘故，早在大学毕业前，何江就立志去哈佛大学找小威学姐，所以真正到了哈佛大学之后，他就鼓起勇气，主动联系了这位之前只是在报纸和新闻上频繁出现的学姐。庄小威十分欣赏何江，很乐意收何江做自己的学生。这就是大家常说的"名师出高徒"。

　　庄小威1972年出生，父母退休前都是中科大的教授，幼时在如皋老家跟祖父祖母生活了5年。未上过幼儿园的庄小威，拼音识字是其父母在工作之余教的。由于父亲是物理学教授，庄小威在6岁那年接受了人生中第一堂物理课。庄小威从小就聪明，就是人们通常所说的那种禀赋过人，记忆力超强。记得小时候，家人教她学中国象棋，什么是将、士、象，每个棋子该怎么走，不用多，只教一遍她就全都会了，惊得家人直咂嘴。

　　正是这些早期的经历和聪慧，成就了庄小威的非凡成绩。中学时代，她便获得全国中学生数理化竞赛第一名，15岁便以600多分的高考成绩考进中科大少年班。而后，她又在加州大学伯克利分校拿到了物理学博士学位。2006年初，年仅34岁的她成为哈佛大学物理和化学系的双聘教授。随后，她在哈佛大学建立了以自己名字命名的单分子生物物理实验室。庄小威在单分子动力学、核酸与蛋白的相互作用、基因表达机制、细胞核病毒的相互作用等领域做出了杰出贡献。

庄小威迄今为止获奖无数，值得一提的是，她在2003年获得美国麦克阿瑟基金会"天才奖"，是首位获此荣誉的华人女科学家，也是24个获奖者中最年轻的一位。2014年，诺贝尔化学奖评选委员会将化学奖发给了超分辨率显微镜技术，3名获奖者中没有庄小威，这在科学界掀起了不小的风波。不少研究人员认为，庄小威的贡献比有的获奖者更大。庄小威所做的研究正是用荧光光谱和显微技术分析单个分子或粒子的运动表现，这在理念上与2014年揭晓的诺贝尔化学奖完全吻合，而在方法路径上也与当时的得主美国科学家埃里克·贝齐格如出一辙。

难得的是，庄小威非常器重和照顾这位学弟，何江也不负所望，成为庄小威最得意的学生。何江在这位世界闻名的科学家身上学到了很多，但最主要的却是对科研的热情与专业，以及最前沿的科学该怎么做。

就这样，何江不仅圆梦哈佛大学，还有幸师从庄小威，在享誉世界的庄小威实验室做博士研究，而这一做就是5年。导师庄小威对何江的评价非常高，她说："何江是个十分出色、很有能力也很刻苦的学生。最重要的是他很有勇气，是一个无惧无畏的年轻人。他从不畏惧困难，敢于创新，敢于突破自己。我让他考虑新领域时，他从不会因为对新领域的不了解而害怕，总是很勇敢也很高兴地接受挑战。"

走出自己的天空

哈佛大学最吸引何江的地方是文理结合,校园里到处充满着创新的氛围。在这里,能接触到世界上各行业最精英的人才。因此,何江入学的第一年就主动申请做本科生辅导员,因为他知道:哈佛大学本科生是世界上最牛的本科生,他想去学习他们的领导力、创新力和表达能力并从中获得鼓舞。他也想知道,像扎克伯格这样的人才是怎么去思考和学习的。同时,这对他的英文能力也是一个提升的机会。他说这个工作让他最大的收获就是结交了很多思维开拓、充满创新意识的年轻人。

何江很早就意识到,只搞科研不注重实践很难有出路,所以他经常去哈佛大学商学院听关于经济和商业的讲座。像在中科大一样,他还是一如既往地去拓展自己的人脉,向自己圈外的人学习。一次偶然的机会,他参加了世界著名经济史学家尼尔·弗格森的一个关于《经济全球化》的讲座。听完讲座后,何江大胆地去和他分享了自己对于全球化以及中国农村发展的看法,尼尔·弗格森对这位与自己完全不在一个领域却对经济全球化如此热情和有见地的学生产生了兴趣。当场,这位世界级的大忙人就问:"你这周三有时间吗?我想请你出来喝杯咖啡,我们好好聊聊这个话题。"

让何江没想到的是,见面当天,弗格森教授带来了好几位重量级教授,结果他们畅聊了4个小时。最后弗格森建议何江:"把你的故事写成一本书吧,从中国农村的变化来反映中国近30年的发展变化,因为你自己就是一个鲜活的例子。"何江听完激动地答应了。

这一个承诺让何江付出了整整两年的努力,也几乎夺走了他的每一个周末。何江知道，写这本书对自己来说，是一个很大的挑战，因为毕竟英语不是他的母语。幸运的是，他之前带的许多本科学生都乐意帮他修改。于是在哈佛大学商学院教授的帮助下，这部《走出自己的天空》回忆录正式出版发行。

这部回忆录并非是一位乡村小伙的成功学故事集，而是讲述"最平常不过但又最不平常的乡下人家的简单生活的故事汇"。何江的文笔老道、极富画面感，并不像一位理科生的手笔。更难能可贵的是，何江在书中并没有张扬更容易传播的成功学故事，而是选择了记录他所生长的、如今正在快速更迭的乡村生活，思考的是中国乡村的未来。正如何江自己介绍的那样："这不仅仅是一本关于我自己的书，更是我的家庭、我所成长的村落的一本传记。"用文字记录下即将消逝的传统乡村生活，从一个动人温暖的小切口照见了社会的巨大变迁，同时对何江而言，写书作为个人爱好，留住了乡愁，留住了珍贵而不可复制的家庭回忆，也是让自己能在未来找到更好的方向感的一个美妙过程。通过一个人到一个家庭，再到一个乡村，他的作品文字散淡、克制，像极了吴冠中的画，描绘出了富有诗意、饱含情感的乡土中国，勾起了很多人的乡愁。

在这本引人入胜的回忆录中，有捕蛇追山鸡、抓虾抓螃蟹、打蜂巢抢蜂蜜等充满惊喜与刺激的田园生活场景，也有起早摸黑上学、买不起课外书、干农活补贴家用、用乡村土办法治病的困窘与艰苦。农村生活的双面像是刻意的安排，既激发了何江对未知世界无穷的好奇心，又培养了他朴素、勤恳、谦逊的性格。乡下的成长经历让他对一切事物都充满了好奇，而这好奇心在成长的不同阶段帮助他克服了很多困难，也让他在一个新环境里迅速成长。相比于城市孩子对优越但略显单调生活的习以为常，何江对城市的生活和环境带着天然的生疏感,但也恰恰是这微妙的距离让他能更敏锐地感知到很多平常中的不平常,同时也更加懂得珍惜,比如面对优质丰厚的教育资源,他一有时间便钻进书堆里。

回忆录中,何江还深情回忆了像勇士一般成天想办法和苦日子斗法的坚强母亲和进城务工"见过世面"、严厉而重视引导儿子学本领的父亲。在家庭潜移默化的影响下,何江渐渐成为一个品格坚韧、独立思考、追求真理的男子汉,加之强烈的求知求学欲和果决的行动力,何江自身的成长、学业的成功自然水到渠成。"做人要道德先行,要与人为善,要有争先意识而不好胜。少说多做,做了不一定说。多干实事,切忌夸夸其谈、说了不做。任何事都是做出来的,而不是说出来的。"这是何江父母留给他的精神财富。这也可以作为天下父母留给每个子女的叮嘱,希望他们都能身体力行,每一个子女都有好未来。

创造历史,华人骄傲

在哈佛大学临近毕业季时,一位教授建议何江尝试去申请在毕业典礼上做研究生的发言代表。一开始,何江听到这个建议完全没有自信。第一,他觉得自己是一个理科生,不像肯尼迪学院的学生那么善于演讲。第二,英语毕竟不是他的母语,和众多从小说英语的人比起来,还是会有劣势。但是,正如哈佛大学教育所倡导的,什么事情都要去尝试,万一实现了呢?

于是,思前想后,何江接受了教授的建议,从个人的经历出发,花了两个星期的时间写好初稿。初选竞争异常激烈,有几百人参选,经过十几位教授的筛选后，何江成功地入围复赛。进入了复赛，何江看到了希望。听说复赛只剩下4个人，而且需要完全脱稿，他更加专注于演讲的质量。他找到肯尼迪学院专门负责口语技巧训练的教授和许多之前认识的教授来帮他改稿子、做训练。

哈佛大学的教育教会学生敢于拥有自己的梦想，勇于立志改变世界。而在毕业典礼这样一个特别的日子，在座的毕业生都会畅想未来的伟大征程和冒险，而何江在此刻不可避免地还会想到他的家乡。也许是因为何江个人的经历刚好体现了哈佛大学教育改变人的理念，也许是哈佛大学还从来没有过一位从中国来的学生做过学生代表演讲。最终，何江从4名复赛选手中成功突围，成为哈佛大学研究生毕业演讲的第一位华人代表。

波士顿时间5月26日上午10时，何江身着博士毕业服走上了哈佛大学的毕业典礼演讲台。他以饱满的精神面貌代表哈佛毕业生发表演讲，更重要的是，他以一个中国学子的身份站在了这里。台下掌声雷动，这是哈佛大学给予毕业生的最高荣誉，也是对何江演讲的肯定。当天与何江同台演讲的特邀嘉宾是著名导演史蒂芬·斯皮尔伯格。

"竞争这个演讲的机会很不容易，每年有几千名研究生毕业，去申请的每个人都有一个很棒的故事。"哈佛大学2011级基础医学博士生刘浩说，"在美国有很多优秀的中国留学生，何江是其中的一员，他积极申请哈佛大学毕业典礼演讲，也展现了中国学生的自信。"

新泽西州医药代表梁山说："何江能在语言不通的陌生环境里站稳脚跟，在世界最顶尖的大学演讲台上发表演讲，受到了美国华人的很大关注。"

定居德克萨斯州的杨扬带着家里的两个中学生观看了何江的演讲视频，

她激动地说："这对孩子们很有教育意义。"

何江的演讲题目是《毒蜘蛛咬伤轶事》，在不到 8 分钟的演讲中，他以朴实无华的语言，阐释了他的科研意义，找出更多创造性的方法，将知识传递给像他母亲一样的农民群体。

在何江演讲结束后短短几个小时，他的演讲视频和求学故事通过诸多媒体为海内外亿万人所熟知。尤其在美国华人世界，何江的演讲更是引起了不小的波澜。他演讲的文本内容也以多种语言形式被转载，成为人们议论的焦点话题。

毒蜘蛛咬伤轶事

想当初，在我读初中的时候，有一次，一只毒蜘蛛咬伤了我的右手。我问我妈妈该怎么处理。我妈妈并没有带我去看医生，而是决定用火疗的方法治疗我的伤口。

她在我的手上包了好几层棉花，棉花上喷撒了白酒，在我的嘴里放了一双筷子，然后打火点燃了棉花。热量逐渐渗透过棉花，开始炙烤我的右手。灼烧的疼痛让我忍不住想喊叫，可嘴里的筷子却让我发不出声来。我只能看着我的手被火烧着，一分钟，两分钟，直到妈妈熄灭了火苗。

你看，我在中国的农村长大，在那个时候，我的村庄还是一个类似前工业时代的传统村落。在我出生的时候，我的村子里面没有汽车，没有电话，没有电，甚至也没有自来水。我们自然不能轻易地获得先进的现代医疗资源。那个时候也没有一个合适的医生可以来帮我处理蜘蛛咬伤的伤口。

在座的如果有生物学背景的人，你们或许已经理解到了我妈妈使用的这个简单的治疗手段的基本原理：高热可以让蛋白质变性，而蜘蛛的毒液也是一种蛋白质。这样一种传统的土方法实际上有它一定的理论依据，想来也是挺有意思的。但是，作为哈佛大学生物化学的博士，我现在知道在我初中那个时候，已经有更好的、没有那么痛苦的也没有那么有风险的治疗方法了。于是我便忍不住会问自己，为什么我在当时没有能够享用到这些更为先进的治疗方法呢？

蜘蛛咬伤的事故已经过去大概十五年了。我非常高兴地向在座的各位报告一下，我的手还是完好的。但是，我刚刚提到的这个问题这些年来一直停留在我的脑海中，而我也时不时会因为先进的科技知识在世界上不同地区的不平等分布而困扰。现如今，我们人类已经学会怎么进行人类基因编辑了，也研究清楚了很多个癌症发生发展的原因，我们甚至可以利用一束光来控制我们大脑内神经元的活动。每年生物医学的研究都会给我们带来不一样的突破和进步——其中有不少令人振奋也极具革命颠覆性的成果。然而，尽管我们人类已经在科研上有了无数的建树，在怎样把这些最前沿的科学研究带到世界最需要该技术的地区这件事情上，我们有时做得差强人意。世界银行的数据显示，世界上大约有12%的人口每天的生活水平仍然低于2美元，营养不良每年导致三百万儿童死亡，将近3亿人口仍然受到疟疾的干扰。在世界各地，我们经常看到类似的由贫穷、疾病和自然匮乏导致的科学知识传播的受阻，现代社会里习以为常的那些救生常识经常未能在这些欠发达或不发达地区普及。于是，在世界上仍有很多地区，人们只能依赖于用火疗这一简单、粗暴的方式来治理蜘蛛咬伤事故。

在哈佛读书期间,我又切身体会到先进的科技知识能够既简单又深远地帮助到社会上很多的人。本世纪初的时候,禽流感在亚洲多个国家肆虐。那个时候,村庄里的农民听到禽流感就像听到恶魔施咒一样,对其特别的恐惧,乡村的土医疗方法对这样一种疾病也是束手无策。农民对于普通感冒和流感的区别并不是很清楚,他们并不懂得流感比普通感冒可能更加致命。而且,大部分人对于科学家所发现的流感病毒能够跨不同物种传播这一事实并不清楚。

于是,在我意识到这些知识背景及简单地将受感染的不同物种隔离开来以减缓疾病传播,并决定将这些知识传递到我的村庄时,我的心里第一次有了一种作为未来科学家的使命感。但这种使命感不只停在知识层面,它也是我个人道德发展的重要转折点,我自我理解的作为国际社会一员的责任感。

哈佛的教育教会我们学生敢于拥有自己的梦想,勇于立志改变世界。在毕业典礼这样一个特别的日子,我们在座的毕业生都会畅想我们未来的伟大征程和冒险。对我而言,我在此刻不可避免地还会想到我的家乡。我成长的经历教会了我作为一个科学家,积极地将我们所会的知识传递给那些急需这些知识的人是多么的重要。因为利用那些我们已经拥有的科技知识,我们能够轻而易举地帮助我的家乡,还有千千万万类似的村庄,让他们生活的世界变成一个我们现代社会看起来习以为常的场所。而这样一件事,是我们每一个毕业生都能够做的,也是力所能及能够做到的。

但问题是,我们愿意来做这样的努力吗?

比以往任何时候都多,我们的社会强调科学和创新。但我们的社会同样需要注意的一个重心是分配知识到那些真正需要的地方。改变世界并不意味着每个人都要做一个大突破。改变世界可以非常简单,它可以简单地变成作为世界不同地区的沟通者,并找出更多创造性的方法将知识传递给像我母亲或农民这样的群体。同时,改变世界也意味着我们的社会作为一个整体,能够更清醒地认识到科技知识的更加均衡的分布,是人类社会发展的一个关键环节,而我们也能够一起奋斗将此目标变成现实。

如果我们能够做到这些,或许,将来有一天,一个在农村被毒蜘蛛咬伤的少年或许不用火疗这样粗暴的方法来治疗伤口,而是去看医生得到更为先进的医疗护理。

何江的演讲内容从个人故事讲起,谈到他在中国农村的成长经历,谈及他在哈佛大学做的生物医学研究,以及如何将他的研究成果向世界更多的地方传播。更重要的是,他希望让更多中国农村的学子看到:"教育能够改变一个人的生活轨迹,能够把一个人从一个世界带到另一个不同的世界。"

耕读传家,荣耀乡里

"宁乡人会喂猪,宁乡人会读书。"在"耕读传家"传统文化影响深远的年代,"会养猪,会读书"无疑是对湖南宁乡这一地域人文的极大褒奖。

在"寒门再难出贵子"之说盛行的当下,何江从宁乡农村走到了哈佛大学毕业典礼演讲台,用他的努力证明:一个中国农村孩子到底能走多远。

宁乡县坝塘镇停钟新村,相比邻居的高墙大院,何江家没有围墙的粉色小楼很不起眼。早上9时,母亲曾献华打开微信,跟儿子视频聊天:"江啊,不紧张吧？""还好咯，今天要早点休息，明天四五点钟就要起来准备哒。"哈佛大学博士的宁乡话依旧很标准。此时的波士顿已是深夜了，何江在做最后的演讲练习。

"去美国后，人还胖了。"母亲满意地挂断视频。在父母眼里，何江没有太多的变化，离开宁乡求学11年，口音依旧。父亲怀念20世纪90年代，那时大家都夸宁乡人会读书，特别羡慕会读书能考上名校的。在乡里，会读书的孩子往往是一个村子的榜样，有着莫大的荣耀。而到了新世纪，读书渐渐不像过去那么"高贵"了，可父亲依旧相信"万般皆下品，唯有读书高"。村里也有人说话不好听的，认为读了研究生又怎样，还不一定找个好工作呢，不一定赚到买房钱呢。其实，从何江大二开始，就不再需要家里给钱，他每年都可以拿到奖学金，并且在外勤工俭学，每个月还有钱寄回家里补贴家用。

面对这种"读书无用论"，何江则认为出现这样的观点其实是可以理解的，毕竟像他这样从农村出来的学生，读完大学找份工作，薪资甚至不如农民工，这很容易让人产生怀疑，这些年的投入和付出值得吗？从他自己的教育经历和感触而言，教育是一个很长期的投入，而不是立竿见影的东西。教育是把一个人从不同的圈子带到另一个圈子，把一个人从一个世界带到另一个世界。如果没有教育，农民可能几辈人都在重复同样一个圈子，就是一直封闭在农村。于他而言，不去读书，他今天也不会来到哈佛大学。

从何江的经历上来说，可能从农村出来的学生到新的环境会不自信，更多是在学习上努力和刻苦，有时也忽略了学习以外的事情。何江现在有很强烈的感受，教育不是只有考试这样一个目的，更要注重培养人的个性和综合能力。而在大学这样一个有不同资源的地方，学生们应该抓住机会培养自己的能力。他当时进大学以及到哈佛大学后，努力迫使自己尽量参加学校的各种活动，把自己的见识面和视野拓展开来，认识一些不同的人。可能短期看来似乎跟自己的专业无关，但日后却有很大的帮助，他觉得这样度过自己的大学时光更有意义。

从乡镇初中到县城一中，从中国科技大学到美国哈佛大学，何江攀登着一个个人生台阶、迎接一个个新挑战的背后，是他那颗永远对未知世界充满强烈好奇的心和勇于锤炼自我的精神和毅力。从宁乡一中进入中国科技大学时，他就深切感受到"数字鸿沟"的挑战，之前从没有碰过电脑的他必须很快熟练运用，而一番愉快的探索之旅后，他对计算机就得心应手了；进入哈佛大学后，"中式英语之困"让他饱受沟通障碍之苦，但他报名做本科生辅导员，与学生们同吃住，一番苦练下来，实现了自我突破。

何江依然奋斗在科研的第一线。从哈佛大学博士毕业后，何江顺利进入了自己喜爱的麻省理工学院攻读博士后，这也与他"科研一定要注重实践"的理想相一致。他现在研究的课题是"人体的 3D 打印与应用"，方向是 3D 打印人体肝脏，进行疾病模拟，研究肝炎病毒、疟疾以及癌症早期检测。这是一个属于盖茨基金会的项目，也是生物界最前沿的项目之一，目的是为了对抗危害人类的疾病研究。

如今，何江身上有太多的光环，但是，最令人钦佩的地方不仅仅在于他突破困境、把握人生主动权和由此获得的一系列成就，更重要的是，他真实、质朴、有担当，始终不忘本、不忘根。扎根乡村的深厚文化基因和非同寻常的学术成就，让他有了一份沉甸甸的责任感。出于对其他同样科学知识不普及、医疗卫生条件不佳的贫困地区的同情心和关怀感，他推动科学知识共享、改善人类生活的种子就此埋下。他经历过巨大的城乡差距，也见到了知识和技术如此分配不均。这份深刻的乡愁、质朴的初心和对家园的承诺令人动容。家庭、故乡、社会在他身上打下的深刻烙印，无言地诉说着一份心系家国甚至全人类的使命感。知识改变命运、教育改变人生，而反哺社会、反哺养育自己的故土，才是更切实的行动。关注中国农村、关注社会、关注中国的未来，何江正在这条路上奔走。

面对求学路上的障碍，何江坚韧不拔，终登哈佛大学毕业典礼舞台。提及湘中老家父母，他饱含深情，只愿他们幸福安康；谈到哈佛恩师，他的内心充满感激，决心不负所望，勇攀高峰。面对未来的教育，他真诚地期待，希望通过自己的成长经历给那些还在求学路上的农村学生一点鼓励，让他们看到坚持的希望。

这就是温暖又激励的何家家风故事，如同春风般温暖到每一个人。愿越来越多的年轻人像何江那样，乘着淳朴的"家风"，以梦为马，不负韶华，奔跑在青春的路上！

【致家风家训】

十八大以来,习近平总书记多次强调家风,说的是"小家",着眼的是"大家"。家庭是社会的基本细胞,是人生的第一所学校。不论时代发生多大变化,不论生活格局发生多大变化,中华儿女都要重视家庭建设,注重家庭、注重家教、注重家风,紧密结合培育和弘扬社会主义核心价值观,发扬光大中华民族传统家庭美德。

人必有家,家必有训。家训是中国人的家庭智慧,自古及今,源远流长。

"家训"又称家戒、家范、庭训等,是一个家庭所规定的行为规范,是家庭内部成员共同遵守的原则,是家庭或家族祖辈对子孙后代立身处世、持家立业的教诲。

"家风"又称门风,指的是家庭或家族树立的价值准则,父母或祖辈提倡并能身体力行和言传身教的风尚和作风;是建立在中华文化之根上的集体认同,是每个个体成长的精神足印;是一个家族代代相传、沿袭下来的体现家族成员精神风貌、道德品质、审美格调和整体气质的家族文化风格;是一个家庭长期培育和形成的一种文化和道德氛围,具有一种强大的感染力量,是家庭伦理和家庭美德的集中体现。家风作为一种精神力量,它既能在思想道德上约束其成员,又能促使家庭成员在一种文明、和谐、健康、向上的氛围中不断发展。

家风,如同一个人有气质、一个国家有性格一样,一个家庭在长期的延续过程中,会形成自己独特的风习和风貌。这样一种看不见的精神风貌、摸不着的风尚习气,以一种隐性的形态存在于特定家庭的日常生活之中,家庭成员的一举手、一投足无不体现出这样一种习性,通过耳濡目染就能获得,具有"润物细无声"

的意义。

没有规矩不成方圆。从孟母三迁到岳母刺字，好的家风、家训不仅承载了祖辈对后代的希望、鞭策，也同样体现了中华民族优良的民族之风。

家是最小的国，国是千万家，家国两相依。一玉口成国，一瓦顶乃家。"家和万事兴""修身齐家治国平天下""家有一老如获至宝"……这些传统文化的精髓是中华民族绵延不息的重要软实力，也是五千年中华文明璀璨不绝的基本基因。

努力拼搏,华丽逆袭
—— 寒门贵子 王文良

【青春箴言】

　　活到老，学到老，千万不要把人生看成百米短跑，千万不要只想着赢在起跑线上！

王文良，毕业于北京大学，中国经典销售学创始人，中国分众成功学创始人，北京大学、清华大学、人民大学、中山大学、上海交大、浙江大学、吉林大学EMBA、MBA特聘教授。

王文良虽然出生在贫困的家庭，却奋勇拼搏，考上了北大。北大毕业后从业务员到中国销售学创始人，又到北大、清华特聘教授，再到"亚洲营销高峰论坛"主席的经历，不正是"寒门出贵子"的真实写照吗？

——北京会心堂生物科技集团公司董事长
法国北欧商学院工商管理博士

庞　博

寒门之所以出贵子，是因为生活在艰苦环境中的人，一直渴望通过自己的奋斗来改变命运。只有不断地奋勇拼搏，才能取得卓越的成就。

——北京大学企业家同学会会长
北京大学企业家名师智囊团团长

张　星

努力拼搏，华丽逆袭

王文良，20世纪60年代出生，童年时代就经历了不寻常的困苦与磨难。然而，若干年后，他却深深地感受到，这些困苦与磨难对他人生的影响巨大，没有这一时期的考验就没有日后坚韧不拔的毅力，更没有克服重重困难的勇气。艰苦的生活既磨炼了他的意志，又培养了他吃苦耐劳的品质，为他后来的人生打下了坚实的基础。

梦起北大

王文良小时候很淘气，小学的时候旷课、打架、受罚是家常便饭，甚至退学转校后也仍是如此。但是，人的潜力是巨大的，只要一个人拼命地去做一件事情，在他的面前就没有克服不了的困难，就没有达不到的目标。几年后，王文良上中学时，正是靠着这种精神，缩小了自己与别人的差距，从而由后进变先进，最终考上了全国最高学府之一——北京大学。王文良带着亲人的重托，带着对美好未来的憧憬，奔向了他向往已久的北京。

王文良在考入北京大学后，马上就发现了自己的不足：那些来自大城市的同学知识面很广，相对而言，他的知识面就比较窄。怎么办？只有一个办法——学！

当年，北京大学俄语系在全国共招了 15 个人，分成两个班。一个班级是没学过俄语的，零基础班；另一个是中学就学习俄语，算是有基础的班，王文良就在这个班里。王文良已经学过 6 年俄语，再从字母学起，对他来说太容易了。于是，下了课他就去看杂书，内容涉及各个方面。除了每天读大量的课外书、听讲座以外，他还选修各种选修课。当时，北大各系的同学选课可以跨越文、理科。他除了文科的课以外，还选修了一些边缘学科，大大开阔了视野。

王文良在大一的时候课程不多，因此就把主要的精力放在了读书上。每天下午没课的时候，他就到图书馆的开架阅览室去。第一次去的时候他就像小羊到了草地一样，随手拿起书就看，不管好坏，不管哪门学科，只要是书，他就读。慢慢地，王文良才逐渐开始有规律地、系统地阅读。

王文良学的是俄罗斯语言文学专业，因此他首先从文学书籍入手，先看托尔斯泰的《战争与和平》。王文良看了很久，也未能完全读懂。于是，他就改读托尔斯泰的传记。通过读托尔斯泰的传记，他才了解到，原来托尔斯泰刚开始并不想写战争题材的作品。最初，作家只是想写"12 月党人"的家属冒着严寒追随丈夫到西伯利亚的感人故事。后来在收集材料的过程中，托尔斯泰了解到这些人大都参加过 1812 年抗击拿破仑侵略的战争，于是，托尔斯泰开始放弃"12 月党人"的小题材，改写 1812 年卫国战争的宏大题材。通过这些知识的学习，他对《战争与和平》整部作品也就有了一些了解，增加了一些兴趣，慢慢地就能读进去了。接着，又开始读《复活》，读《安娜·卡列尼娜》。他渐渐地学会了读大部头书的技巧。先看作者的传记，分析该作者的创作思路，然后再一部一部系统地看，就会增加兴趣，真正地把文学和人生结合起来。后来,他又用同样的方法阅读了《罪与罚》《白痴》《静静的顿河》《未开垦的处女地》《红与黑》《子夜》《巴尔扎克全集》《金陵春梦》《莎士比亚全集》等,足足阅读了1万多本书。

王文良每天到文科开架阅览室进行大量阅读,读书的方法是泛读与精读相结合,一般的书观其大意,好的书较细地看,特别好的书一字一句地精读。他有记笔记的习惯,对比较感兴趣的文章都有读后感或摘录。

王文良爱读散文,对朱自清的散文尤为偏爱,尤其喜欢《背影》,每每读来都觉得有一股暖流涌上心头。好多次泪水悄悄滑过脸庞,这是因为他想起了自己的父亲。他的父亲身体不好,经常住院,想照顾孩子们也常常是心有余而力不足。但就是在这样的情况下,王文良高考的时候,他父亲依然带病在考场外等候了三天……

一个人不论读什么书,将来都会对自己产生影响,尽管有些影响自己并未察觉,但当真正用到它时,便会慨叹自己当初的英明;相反,倘若平时读的书比较少,在急需用时则会为当初的懒惰而悔恨:"书到用时方恨少!"诸葛亮读书广泛而一目十行,王文良读书只观其大概,然后与其他的知识联系起来理解,重要的书才进行精读,所以在遇到问题的时候,他都能有所感悟,这就是平时多读书的益处。

王文良在大一的时候担任俄语系的团总支秘书长,正好上一任团委委员任期已满,系里就选举他为新的校团委委员。校团委委员每周开一次会,研究整个北大团组织的工作方针、策略问题。这是一个全局的问题,能够锻炼每一个人统顾全局的能力。这种会议一般是晚上10点才开始,经常开到很晚才结束。有时星期天才开会,以免影响平日的学习。北大学生能够参与的一项活动就是经常与来北大访问的各国领导人以及中央领导人座谈，不论中共中央要员还是外国元首，他们都有机会在较近的距离内进行交谈，也能间接地感受到一些领袖的博大胸怀。

几任团委书记都在后来的人生中有了很大的成就，有的人当了省长、副省长、市长等。但与此同时，由于这种特殊机会的存在，如果不能正确地认识自己，就容易产生一种错觉，觉得自己很了不起，产生错误的自我定位。团委的工作使王文良眼界大开，也使他结识了很多有追求、有能力的人，他们当中的很多人后来都成为他的好友。可以说，团委的工作使他从另一个侧面提前对社会有了一定的了解。

王文良在团委的另一项工作就是在社会实践部工作，积极参加各种社会实践，同时也积极推动别人去参加社会实践。不过这些社会实践活动大部分还是局限在学校的范围内，或者个人零星地参加社会实践活动。他创办的家庭教师介绍所就属于个人性质的，校团委积极给予了支持。

大学的第一个暑假，王文良回家卖了10多天的鸭蛋。他先挑鸭蛋，然后装桶运回家，冲洗，煮熟，接着走街串巷，批给小商店店主。后来他发现火车站的粥棚的需求量比较大，他就每天固定给他们送，当天就能拿回现金，赚的钱也比较可观。他卖了许多天，直到再也买不到生的鸭蛋为止。这个假期里，他书看得不多，但社会实践活动的感想颇多，他根据自身的体验得出结论：卖东西要找冷门，大家都做同一生意则没有特色，很难赚钱（重点是有特色）；批发比零售赚钱，要规模经营（重点是规模要大）。

他在北大开办的家庭教师介绍所就是根据上述经验运作的。他认为自己做家庭教师是零售，而开办家庭教师介绍所是"批发"家庭教师，是规模经营，

"批发"50名家庭教师就可赚四百元。

过了一段时间,他又创办了北京规模最大的交谊舞学习班,每期四百多名学员,既有规模,又有特色(技术含量),比开办家庭教师介绍所赚的钱更多。招收每名学员赚5元,一次就能赚2000元,扣掉费用,净剩1600元,相当于当时大学毕业生两年的工资。

总之,王文良认为,在学生时代一定要积极参加一些社会活动,了解社会,了解自我。参加社会实践收获很大,既有经济方面的,又有思想方面的。同时,他也深深地感觉到,人遇到困难、挫折都不可怕。只要认真总结教训,及时调整策略,总会有再次成功的机会的。

起步于顶新集团

1989年8月,王文良从北京大学毕业后被分配到北京市政府工作,政府机关的生活是慢节奏的,也是非常有人情味的。如果没有"野心",机关工作是最合适的。但是当王文良工作两年后,他认识到人生可以有多种活法时,便毅然结束了从政生涯,决定去政府机关之外的世界闯一闯。有一天,王文良偶遇大学同学,他叫王杰,正在顶新国际集团里做业务工作。恰逢顶新公司特供科招人,王文良通过王杰递交了一份简历。过了几天,公司便通知他去笔试。

考试分为两部分。第一部分是智力测试题,要求参考人员在20分钟内回答120道智力测试题。王文良回答了50多道题,是那次参考人员中回答最多的人,而大部分人员在20分钟内只能回答20多道题。这时候他才感觉到平时的书没有白读，北大的素质教育给他带来的收益也颇丰。另一部分是几道问答题，主要考察基本素质和能力。其中有两道题是："假如你现在有100万元，你将怎样使用？""当你看到林青霞的名字的时候，你能想到什么？"对于第一个问题，他答道："我会将该笔钱分成三份，三分之一买国债，可以有稳定的利息收入，也可以随时变现；第二个三分之一用来开办公司，进行生产经营活动，这部分投入有一定的风险性，只能按此比例进行；最后的三分之一用于继续教育，或者在国外，或者在国内，以充实自己，创造未来。"第二道题实际上是在考应考者是否具有品牌意识。林青霞的名字本身就是非常好的品牌，她的知名度确实非同一般，他非常理解出题者希望应试者联想到品牌和知名度两个概念，便很快答完了试卷。由于他文笔流畅，逻辑性很强，并且把自己的想法表达得清晰、明确，所以通过了笔试。接下来是口试，口试是在几天后单独通知的。

接到口试的通知单，王文良很高兴，第二天很早就到了公司。口试的考官是一位台湾经理，口试的主要内容是怎样才能做一个出色的业务员。王文良把他的基本想法谈了出来，接着考官又问他为什么离开机关，他答道："一方面想到外面锻炼一下，接受现代的商品经济理念，另一方面要多收入一些，实现自己的人生价值。"

考官对他诚实的回答还算满意。接下来，考官又问他怎样看待团队精神，怎样看待目前的中国市场状况等，他一一做了回答。于是，他顺利地通过了口试。

到了最关键的时刻——复试。复试的考官是一位台湾的协理和特供科长。他们提的问题很多、很杂，不让面试者有更多的思考时间，需要立即回答。

虽然这些问题跳跃性很大，涉及的面很广，但核心问题是对吃苦怎么看、有没有吃苦的准备和奉献精神。也许，他们从王文良的简历和笔试的情况看出他的综合能力比较强，那么剩下的就是考察吃苦能力了。

王文良当即表示吃苦耐劳是他的强项，后来的事实也证明了他的回答是对的。他谈到了小时候受过的苦，交不起学费，吃不饱饭，打过架，被开除过等。这一场复试变成了他与考官推心置腹的交流，他的回答引起了考官的强烈共鸣，他们完全相信王文良能成为一个最能吃苦的业务员。最后，他通过了复试，成为被录取的两名幸运者之一。1991年8月初，他到顶新国际集团报到，开始了10余年的外企生涯。

公司主要生产和销售精炼油，在北京设有精炼油厂。他与另外一位同期录取的新人王京一起到油厂去实习一天。这一天，天气非常热，生产车间里就更热了。他们两个人在生产部人员的带领下，从一个车间到另一个车间，了解了全部的生产流程。对油的精炼过程有了比较深的印象，尤其是脱胶、脱杂、脱色、脱酸、脱溶这"五脱工序"。他在实际销售时给消费者讲的内容中，那些有实际感受的东西就是这一天看到的东西，其他的都是从资料上看到的。

顶新集团在当时还没有像现在这么大的规模，公司的副董事长兼任总经理，平时，王文良与副董事长常常能见面。6年以后，再想见到副董事长已是很难的事情了。因为集团已经发展到了非常大的规模了，副董事长之下有常务副总裁，常务副总裁以下有4个事业群总经理，群总之下又有各公司总经理。因此，能见到董事长级别的领导的机会就很少了。

王文良庆幸自己来到了顶新集团这样正规的大型跨国公司，并接受了非常正规的业务培训。过了几天,他就上岗了。

王文良被分配到特供二科。上岗不久,就进入到了第一个旺季。他刚到不久,还没有什么客户,只能眼看着别人一笔一笔地成交。结果,他的定额只完成了不足百分之十,他开始睡不着觉了:为什么自己使出全身解数,业绩还是不理想?他找到老业务员虚心请教,他们给了他一些做业务技巧方面的支持,但远水解不了近渴。每周二、周四下午开例会的时候,他都把头埋得低低的,不敢看科长一眼。事也凑巧,每次他偷偷看科长的时候,好像科长也正看着他。这使王文良更无地自容了,他从来没有这么狼狈过,恨不得找个地缝钻进去。

到发奖金的时候,他看着别人拿到5000元奖金,而自己只有600元,心中很不是滋味。这时他才感觉到,这钱也不是那么容易赚的。可转念一想,大家都是人,自己的素质也不比他们差,为什么自己不能做得最好呢?是不是方法有问题?他回家找来一些有关推销术的书籍,开始努力地钻研。正巧,他大学时期买的《艾柯卡自传》还没有仔细地读过,这时就派上用场了。艾柯卡学的是工程专业,却去做最难干的销售工作。他认为,优秀的推销员是后天练出来的,不是先天注定的。艾柯卡对业务拼命钻研,终于当上了部门经理,后又当上了福特汽车公司的总经理。艾柯卡的事迹极大地鼓舞了王文良,于是他开始调整作业方法。以前每次到一个单位都要在门前徘徊很久,不敢进去,尤其是一天如果遇到两个拒绝的,就更没有信心进第3家了。现在他要开始调整策略,重新做起,从零做起。

王文良顽强地开始了推销员生涯。别人工作1个小时,他则工作3个小时;别人跑1趟,他则跑3趟。在吃苦精神比别人强的同时,他也比别人多动脑筋。

首先,他改变了作业方式。大家每天都是直接去拜访客户,但每天只能拜访四五家,效率太低。他决定每天早晨打完卡以后就回家,到家后的第一件事就是打电话,进行电话推销。每天打100多个电话,其中有意向的约好第二天去拜访。这样,他两天的工作量就是其他业务员两个星期的工作量,他的业绩有了一次小小的飞跃。

其次,公司当时有几辆业务用车,谁请用业务车谁就要承担相应的费用,因此用车的人并不多。过去他也有这种压力,很少请用业务车,但从现在开始他要请用业务车了,而且每隔两天用一次,成了公司的用车大户。这样一来,效率就大大地提高了,他的业绩也一步步在攀升。

并不是每个人都可以把自己的工作做得很优秀,但是每个人都可以通过自己的努力使自己的工作由差到优,需要做的就是肯舍得时间、舍得把精力放在提高自己的能力上,而不是得过且过,怨天尤人。因为你浑浑噩噩下去就会一直停步不前,甚至慢慢坠入深渊,而从现在开始改变自己才是让你变得更加优秀的唯一捷径。

王文良是公司最能吃苦、最傻的业务员,无论天寒地冻还是盛夏酷暑,他都从早到晚忙忙碌碌。当时,一些调到其他部门的业务员的客户一般挂到现在业务员的头上,由原业务员负责订货、收款,然后二八分成。但挂在他头上的业绩是他去收款,奖金上完个人所得税后全部返给原业务员,他一分也不要。这样,愿意往他头上挂业绩的人就多了起来。他虽然多跑一些腿,但"塞翁失马,焉知非福"!他自己的业绩和大家挂到他头上的业绩像滚雪球一样越滚越大。他的后劲和人格的魅力联合发生作用,他的业绩开始遥遥领先了。

王文良的业绩在不断地攀升，新的机会和新的挑战也不断地出现。刚加入到业务员行列中来的时候，一笔一万元的订单就能让他激动不已。如今，他要向更大的目标进发了。他一方面按部就班地开展日常工作，一方面积极寻找大客户。世界上的事物就是这样：当你穷困潦倒的时候，倒霉的事情会接踵而至；当你春风得意的时候，就会有更多的机会悄然地来到你身边，为你锦上添花。有人说这是命运，这是不以人们的意志为转移的。其实不然，你的现在是由你的过去决定的。如果你过去非常努力，那么今天你就会得到非常丰厚的回报。相反，如果你过去不努力，那么今天你就会非常不顺，如果你依然怨天尤人，不去努力，那么你的明天依然会黯淡无光。

王文良长期的努力终于有了一些回报，他过去拜访过的老客户纷纷向他订货，这使他的业绩日进千里。但他并没有就此满足，又开始全力以赴地寻找新的大客户。

有一天，王文良例行到一个部委拜访，无意中了解到他们有一笔200万的资金可以用来购买公司的油。于是他开始进行公关，他与对方的处长进行了非常细致的谈话，他非常希望这位处长能同意这笔订单。但是不论他怎样说，对方一点表示也没有，仿佛没听见他说的话一样。他无奈只好暂时离开，考虑其他办法。

王文良回到家，把对方的情况进行了全面分析，决定这个月除了正常的业务以外，他要把全部精力都用在这笔生意上。这一笔订单就等同于其他老业务员一年的业绩量，他下多大的功夫都值得。于是，他把作战计划分为两个部分：先争取该单位的食堂使用公司的产品，然后再促成这笔大的生意。

制定好计划后，王文良便开始实施。第一阶段相对比较容易，对方单位的食堂很快就使用了公司的产品。因为每月只有一万多元的货款，单位的风险不大，所以很容易谈成。但是，对方的处长是一位50多岁的老同志，非常精明，他把食堂与大生意完全分开，互不相干。

这期间，王文良依然与这位老处长保持电话联络，也定期拜访老处长。有一天，当他给这位老处长打电话的时候，对方的办公人员突然告诉他，这位老处长生病住院了，有业务找别人。王文良立即买了一些水果直奔医院。一看到老处长，抱着做生意的目的去的他竟完全忘记了生意上的事情，赶紧上前慰问这位老人。王文良只觉得他的身体太脆弱，面对疾病的侵害，居然这样苍白、无力。

从此，王文良每天都来看望这位老处长，把他当成自己的老朋友、自己的忘年交。老处长的病是多种病的并发症，其中糖尿病是很重的一项，因此王文良以后再也没给他买过水果。王文良天天来看老处长，老处长很受感动。突然有一天，老处长对王文良说："小王，我的病短时间内不会好的，因此单位决定让我提前办理病退，现在我已经不是处长了，你的忙我也帮不了了。以后你就不要来了。"

老处长显得非常难过，王文良的心里也很不好受，因为他觉得做人不可太势利。通过这一段时间的接触，他觉得老处长为人忠厚、正直，对工作勤勤恳恳，对朋友实实在在，即使不做生意，也是一个可交的好朋友。第二天他又来了，老处长也没有办法。这样，在老处长住院期间，王文良陪着他聊天，不再谈生意上的事，他们的感情更融洽了。

在与老处长的接触中，王文良感到他们有着很多的共同语言，似乎有着聊不尽的话题。日子就这样一天一天地过去，他与老处长之间的友谊也在一天一天地加深。有一天,王文良又去跟老处长聊天,老处长告诉他说:"小王,祝贺你,我们单位的这笔生意就交给你了,你使我感受到了你的为人、你的正直,你是我看到的少有的优秀的年轻人。"王文良以为他是在开玩笑,没有当真。第二天,老处长郑重其事地通知他准备签订200万元的合同。王文良却没有过分的喜悦,他的心里空荡荡的,仿佛有一种迷茫的感觉。他不愿意让别人以为他去探望处长是为了这笔生意,尽管他刚开始是冲着这个目的去的。人就是这样,有时候为了生意去交朋友,虽然生意没做成,但却交了一个真正的朋友,心里并不感到懊丧;而有时生意做成了,让人感到交朋友就是为了这笔生意,心里反而感到有些不自在。

这笔生意做成后,王文良与老处长的感情一如既往。他一直去医院看望老处长,直到他出院。出院后,他们也一直保持着联系。

这是全集团迄今为止最大的一笔直销生意,而且这笔生意又是由一个刚进公司不久的小小业务员做成的。他当时没有花公司一分钱的公关费,全是自己掏腰包,凭着自己的诚心、耐心在做事。

公司的表彰接踵而来。他们的大老板、副董事长魏应行先生亲自为他庆祝,在庆祝大会上,老板亲自为他斟酒,同时宣读对他的奖励。但他的心早已热乎乎的,同时他也为老板"礼贤下士"的精神所感动。顶新也正是依靠这种精神才能够把一大批精明、能干的人才留住,才成就了日后的大业。

这笔200万元的生意是王文良辛勤工作的结果,确切地说,是他坦荡为人的结果。它对他的影响绝不仅仅是一笔奖金,而是终生为人的一面镜子。通过这件事,王文良深刻地感受到:"做生意前先做朋友,做事之前先做人。"

后来,王文良先后当上了特供科长、总经理办公室的专员、上海分公司主要负责人、全国业务经理助理。正是在外埠部工作的经历使王文良认识到自己要在现有资源的基础上，走出一条适合自己发展的道路，将来做中国最出色的销售专家和管理专家。

于是，他和妻子一起报了人民大学的国际金融大专班。后来，他又在社科院干部学院学了一年的工商企业管理，这是他第一次接触系统的管理学理论。其中，工业企业管理、商业企业管理、管理心理学、会计学原理等工商管理基础课程对他的帮助很大，奠定了他一定的销售学基础和管理学基础。在工商管理专业结业后，他又学了两年的大专法律。法律课程结业后，他又读了一年的金融，这对他的工作帮助很大。随着商品经济的发展以及全球经济"一体化"的加剧，资本运营将成为经济领域非常重要的一环。金融工作的意义已非寻常，一定的金融知识已成为高层管理人员必备的素养。今日的社会是一个金融的时代，世界上的巨富无一不是金融的受益者。

王文良结束近3年的外埠生活返回北京，在北京处二科工作。不久，被任命为北京营业所所长。在他当上营业所所长后不久，顶新集团在天津举办了处级干部培训班，全脱产培训10天，全程封闭式管理。当时学员共34人，均是来自顶新集团全国各公司的处长及准处长。在这次培训要结束的时候，培训师进行无记名投票。他以绝对优势获得了第一名。

几年的工作经验使王文良深深感受到为人正直的重要性，广交朋友，开拓道路，实际上就是放长线，钓大鱼。走上社会工作后，要秉持诚实、守信的原则对待每一个客户、同事。现在，社会上很多人鼠目寸光，为眼前的一点点利益争得面红耳赤，殊不知这样做无异于自断前路。

从益华国际集团营业处长到美联集团的中国销售总监

刚刚离开顶新集团,经老上司许经理邀请,王文良加盟到益华国际集团北京公司。开发批发市场通路,这是他未做过的一种销售方式,但在饮料的销售中却非常重要,所以他一定要快速成为批发市场通路的专家。经过一段时间的实际操作,他很快就对批发市场通路有了较为全面的了解。

他们的第一步是召开产品上市新闻发布会,发布会在北京的亮马河大厦举行。王文良要求下属全体经销通路的业务员对批发市场进行全面调查,随时开发更新、更有实力的经销商。

在益华公司,王文良把做预算、目标管理、员工的日常管理、系统管理等工作的全部流程编写成了销售制度,在日常工作中严格按照制度进行,确实有很大的成效。这对他也很有益,在以后的工作中受益匪浅。

王文良离开益华集团后,正赶上美国美联集团的在华全资子公司汇联公司招聘总公司销售部经理,由美籍华人总经理亲自主持面试。第一次面试安排在星期六的下午,当时还有一些曾在其他公司做过副总的人应聘。但由于他的思路和构想是把理论与实践结合起来,与总经理的思路很接近。因此,他通过了初试。美国公司的效率非常高,当天晚上他就接到了公司的复试通知,时间定在第二天下午4点。经过一个多小时的详谈,他通过了复试。同时,公司告知他被录用了。

在总经理的大力支持下,他改用扁平式管理,业务员、理货员、促销员都由他一手抓。前一天给理货员开会,他根据理货结果自己亲自做出理货报告。第二天,他就一个店一个店地与业务员讨论,单点陈列、单点客情、单点断货、单点问题账款、单点进店、单点补新品等一系列问题统统都在例会上一次性解决。然后，他亲自去各大店查账、对账，与店里的主要负责人沟通、探讨。

经过一段时间的整顿，北京市场大见成效。其中，在利客隆双榆树店，他亲自带业务员、理货员，现场教他们割箱半混式陈列方法，结果陈列面扩大了两倍，陈列量扩大了 11 倍，当月销量增长了 6 倍。经过整顿后，北京市场呈现出一片蒸蒸日上的气势。

王文良在 3 个月的时间里，把家乐福、万客隆、北辰、望京、华普等主要量贩店的工作按七个大流程全部调整到位。北京的局面已经打开，基本格局已形成，他又可以腾出更多的时间来做一些更重要的事情。

智者千虑，必有一失。1999 年，在供货量最大的春节期间，他们有近 20 个品种供应给各大商场，但其中某个品种断货了。由于是春节，出这样的事情他心里非常不愉快。因为是春节，他没有批评业务员，把责任全部承担了。他认为在工作上不可能做到尽善尽美，总有出差错的时候，但是出了问题不要找什么理由或者借口来搪塞领导，应该承认自己的失职，诚恳地接受教训，只要知错能改就行。

有一天，总经理把王文良叫到办公室，说自己被提升做集团亚洲、非洲地区的总裁，即将回芝加哥赴任，集团将派一位新的总经理来。

新任总经理名叫初笑刚，与王文良非常投缘，他们在做人的标准、对待工作的态度以及对待人生的态度上都有惊人的相似之处。初总常年旅居国外，视野比他开阔。于是，他经常就各种问题向初总经理请教，初总也非常耐心地为他解惑。他们两个人都给对方进行过 SWOT 分析。

初总建议王文良学 MBA。王文良当时已经学习了人民大学的经济学研究生课程,但他还是接受了建议,又读了一个工商企业管理研究生课程。初总比他大两岁,却能为他的前途考虑,真是难能可贵。人生得一知己足矣,遇到自己的良师益友更是难上加难了。所以,对这样的良师益友要倍加珍惜,互相协助,共同成长。

后来,王文良担任全国销售总监,管理着公司全部的在外机构和区域经理,因为初总的绝对信任,所以前期一切还比较平静。由于他长期在全国各地检查工作,所以他不在的时候一些人就开始策划把全国一分为二,让北京区经理负责北方,让他负责南方,并常驻上海。

在总经理办公会上,八位与会者中除了王文良不同意和总经理不表态外,其他人都同意将全国分为两部分。见此情景,王文良立即表态,详细地表述了自己的观点:"第一,全国必须统一管理,否则原有的良好政策就无法继续实施。而且全国必须统一控盘,保证令行禁止。第二,北京区经理虽然也很出色,但与我相比,他有两点是绝对不能比的。一点是他没有我敢负责任,一旦遇到问题,该自己承担责任的时候他不敢承担重大责任。因此,在决断上就会出现推卸责任的情况,就会贻误战机。而我们公司采用的是美国式的民主管理方法,他不承担责任,事情的责任就会无人承担,最后一定失败。另一点是我的销售管理非常注意细节,细到每个人、每一点,我开例会用3个多小时,而他只用20分钟就结束了,这样他的问题就会越积越多,这是他的另一弱项。我必须再对他进行两年的培训,他才能比较顺利地做销售部经理,负责全局。第三,依目前公司的状况来看,必须要精耕细作,务实创新,只有这样,才能更上一层楼。我手下的8位经理的情况基本相当,如果其中一人在不能绝对让人信服的情况下贸然升任高位,一定会使人心涣散。大家离心离德，必将生出许多不必要的麻烦。"

王文良进行了激烈的抗争。慢慢地，大部分经理级以上人员认识到了统一的重要性，也认识到分裂的恶果，纷纷改变了自己原来的立场。总经理原本就没下决心，因此见好就收，高声地说："区域重新划分的问题以后再议。"

就这样，这个问题直到王文良离职也没有人再提起过。通过这件事，他感觉到了自己的成熟。如果这是在顶新集团的时候，他肯定会妥协。在顶新集团的时候，他的观点有时是正确的，而他的上级是错误的或不太正确。他当时的做法是不敢直接面对，结果他的上级非但不领情，反倒觉得可以无限制地继续其错误行为，最后他再提出疑问的时候，双方就只能分道扬镳。

王文良在担任中国销售总监的时候积累了很多的经验，但他的理论水平还有待于进一步提高。于是，他开始在中国人民大学读经济学研究生。经济学过于抽象，对于企业的管理者来说它还少一些切实可行的、基本的方法。因此，他在经济学研究生快毕业的时候，又开始在另一所大学学习MBA（工商管理硕士研究生）课程。

MBA的课程与经济学研究生课程完全不同，它研究的是工商企业管理的各种实践操作方法。通过学习王文良才深深地体会到，没有学过MBA课程的人很难在企业中做好高级管理工作。因此，他在公司里经常劝他的下属经理，希望他们能够在工作之余多付出一些辛苦，学一学相关课程，否则在未来的社会中很难有所成就。王文良在学习教材的同时，还把哈佛MBA市场营销学的教材与国内的教材比较学习。结果他发现哈佛的内容虽比较容易，但案例很多；而国内教材内容比较深，但案例不如美国教材多。各有所长、各有所短，他尽量兼容并包，博采众家之长。

经过这两个研究生课程的学习,再加上阅读了大量的经济学和 MBA 方面的书籍,王文良的视野变得更加开阔了,理论水平也有了很大提高。但在实践方面,他过去的经验大部分都在食品领域,因此他需要对其他领域的工作有一些了解。恰巧,公司的总经理离职了,他也随后办理了离职手续。他离开了工作 3 年的地方,走进了另一个新天地。

在世界第三大制冷剂公司担任总监

能够在加拿大独资的世界第三大制冷剂公司担任总监,说明王文良的不断自我完善已取得了巨大的成果,为他将来创立销售学奠定了更坚实的基础。

离开上一家美国公司后,王文良到了一家日用化工品公司接受了日化产品的培训,还专门抽出时间对日化市场进行了解和调查,由此他对日化行业也有了一定的了解。由于日化产品也是大众消费品,因此在营销策略上与食品行业相近。他需要尽可能多地了解各行各业的营销情况。所以,他很快就到了加拿大独资的格林柯尔(GREENCOOL)空调制冷剂公司担任总裁助理兼销售总监。

这家公司是世界第三大空调制冷剂公司,仅次于美国杜邦公司和英国帝国化工,该公司在美国、加拿大、英国等主要发达国家都有庞大的分支机构。王文良虽然不是制冷专业科班出身,但经过七天的系统培训,也对制冷行业有了一定的了解。

格林柯尔在社会公开招聘总裁助理兼销售总监,吸引了大批有才能的人的关注。王文良之所以放弃很多主动聘他的公司,就是发现了格林柯尔的实力和前景。由于前来应聘的人员非常多,竞争非常激烈。

首先是人力资源总裁的面试,王文良用了十余分钟的时间就成为当天唯一一个直接到业务总裁办公室进行复试的人员。

业务总裁十分惊讶,因为一般情况下,应该由人事总裁通知应聘者下次复试的时间,另行安排复试。但今天人力资源总裁却直接将王文良引荐给业务总裁,可见人力资源总裁对他是非常满意的。任何一家公司对最高管理层人员的招聘都非常慎重,因此业务总裁与王文良进行了非常细致的业务交谈。他还想继续说他的销售理念时,总裁却打断他的话说:"王先生,我问你两个非常重要的事情。一个是你的薪资要求,一个是你什么时候可以报到?"

王文良谈了他的薪资要求,总裁完全答应了。然后王文良说:"我随时都可以上班。"

"好!你明天早晨到人力资源部门报到。"

就这样,王文良来到格林柯尔担任了销售总监,而与他同时应聘其他职位的人员半个月以后才进行复试,一个月以后才来公司上班。因此,他非常佩服格林柯尔的工作效率和选人用人的气魄。

在王文良担任销售总监的时候,公司把广州另一家制药公司的总经理聘为公司销售总经理,他比王文良大八岁,他们成了搭档,后来也成为好朋友。王文良很尊重他,在公开场合以副手自居,负责具体业务管理工作。但是,当他们两个人在一起聊天的时候,王文良才发现自己的工资比他高三分之一,这时他的心里已经明白一半了。后来王文良问下属经理,证实了自己的猜测:在格林柯尔,其销售总监的职位比销售总经理高,销售总经理只是销售总监的助手。

王文良装作什么也不知道,除了明白自己所担负的责任要比他大之外,决不与他去争什么谁的"官"大"官"小。王文良认为自己聪明的地方是，这个秘密直到他离开格林柯尔也没有说穿。因为一旦说穿，大家都很尴尬，而保持这样的状况对工作也不会有什么影响，因为具体业务主要由王文良负责，一切不变也非常正常。

下属经理认为王文良非常大度，这令他们很佩服，他的威望更高了。由于制冷剂是工业品，因此其销售工作流程比消费品的销售流程简单得多。它避免了进店、陈列、理货、控制库存、控制保质期等麻烦。所以，王文良很快就能进入角色。工程领域的销售依然是他10年前刚刚进入销售领域时的直销模式，因此今天他重新运用这一手法时已非常轻松自如。凭着多年的销售工作经验，他一下就抓住了关键环节：工程的直销最主要的地方就是寻找对象和谈判。寻找项目的重点是要大面积撒网与重点客户精耕细作相结合，分成梯次，循序渐进。

很多东西，你越想得到它反而越得不到，而当你把它看得很淡的时候，你却会意外地得到更多。所以，为人非常关键，大肚能容，反倒益于成功。

在王文良工作的时期内，正值公司收购科龙空调公司的关键时刻。公司用了近10亿元人民币的资金，将科龙公司的法人股收购。当时，科龙公司的股票每股价格为12元左右，而公司则以每股2块多的价格收购成功。从此，科龙空调的广告中加了一句话："科龙空调采用格林柯尔环保型制冷剂。"格林柯尔的名字与科龙的名字紧紧连在一起，同时格林柯尔也为自己的制冷剂寻找到了一个完整的载体，可谓一箭双雕。格林柯尔公司正在蓬勃发展，而王文良自己的路也开始了新的起点。

后来，王文良离开了格林柯尔集团，又到了一家中韩合作的大型汽车公司担任中国营销副总。但是，他在这家公司只干了很短的时间就离职了，因为他已开始人生更大的事业。

北大毕业等于0

王文良离开了跨国公司，面临着一个新的选择：是继续从事销售专业还是转行做职业经理人，也就是走上职业管理的道路。当时他很犹豫：如果继续从事销售专业，再做销售总监，那就是换一个行业重复做以前的工作，没有什么意思。如果改做职业经理人，则变成了从事事务性工作，也很难再有提高。于是，他选择了走学术加实践的道路。在这个转折之前，发生了一件大事，使他在学术道路上暂停了一段时间。

在他们那个时代，大学毕业生被称为"天之骄子"。但是，刚毕业的人其实什么都不会，连最基本的礼仪都不会，更谈不上展翅高飞的本事。于是，各单位对大学毕业生尤其是名牌大学毕业生非常失望。当大学毕业生逐渐明白了处世之道，大半辈子都已经过去了。王文良在十几年的职业经理人生涯中，感觉到很多人眼高手低，尤其是刚毕业的大学生好高骛远，游移不定，最后一事无成。于是，他写了一本书，特别命名为《北大毕业等于0》，就是要告诉年轻人，北大毕业也要从零做起，从最基层做起。因为在大学里不论你怎样优秀，出了校门，你只是一个最低级的职员。你要学习为人处世之道，把学到的知识转化成工作的工具和未来的基石。

开始的时候，王文良没想到这本书会引起那么大的社会反响。该书一出版，《工人日报》就给他刊登了整整一大版的个人专访。但是，这一切仅仅是个开始。

在《工人日报》后，《生活时报》《信报》等报纸纷纷刊登了对他个人进行的专访。紧接着，《读者文摘》等杂志也转载了他的专访。再后来，新浪、搜狐等网站纷纷邀请他在线与网民互动。前前后后有近千家媒体对他进行过采访、报道。

正当王文良忙得不可开交的时候，新的情况又出现了。有一天，他突然接到一个电话，一位自称是中央电视台《对话》节目组导演的人邀请他担任一期《对话》节目的主嘉宾。他根本不敢相信这是真的，因为他当时只有30多岁，而《对话》是中国最高级的财经类节目，一般主嘉宾都是邀请世界500强的全球总裁等人员担任。后来，得知这件事情是真的，他当时的心情非常激动。他虽然被众多媒体追捧、报道，但被像中央电视台《对话》这样高端的节目邀请却是第一次，况且第一次就是主嘉宾，确实出乎他的意料。

录制节目的现场除了王文良以外，还有很多副嘉宾，如新东方副校长徐小平等。此外，还有很多著名的企业家参加。他以前没有过这样大型节目的录制经验，也不了解具体操作流程，在录制过程中闹了很多笑话。他以为在五十多分钟的录制时间里都是他发言呢。于是，当主持人陈伟鸿问他第一个问题后，他就长篇大论地讲起来，一讲就是很长时间。结果，这个问题在播出的时候只播了两分钟，其余的都删掉了。紧接着，导演安排他和中科院的一位院士进行即兴辩论，他们辩论得十分激烈，以致在播出的时候观众以为他们在吵架呢。这是《对话》节目第一次播出这么激烈的辩论，他曾建议导演把这段删掉，但是导演认为这段恰是最吸引人的地方，播出后反响非常好。

这期节目录制得很成功，王文良与《对话》节目组也建立了深厚的友谊。后来，节目组请他做策划顾问，又策划并参与了一些其他节目，令他印象最深的是北大校长和斯坦福校长那期。由于他对大学比较了解，所以这期节目他出的主意多一些。他们开始设计的是北大与斯坦福大学平等地对话。对话内容都没有问题，但是他们请错了嘉宾。斯坦福大学一方请的都是斯坦福毕业的硕士、博士生，而北大一方请的则是斯坦福毕业生的家属。节目开始录制后，首先由北大党委书记兼副校长闵维方发言，他第一句话就说自己是斯坦福大学博士毕业的。言外之意，斯坦福的校长就是他的校长。而当大家都在谈论自己的成就时，斯坦福的毕业生们摘掉了领带，追忆当年在斯坦福时期的豪情万丈。而北大的校友则畅谈老公在斯坦福如何了得，毕业后更加了得，自己如何支持老公的事业做全职太太，等等。这样一来，一场平等的对话就变成了斯坦福大学的一方独秀。

后来，王文良经常做反思："智者千虑，必有一失；愚者千虑，必有一得。"整体节目事先策划得非常好，仅仅就是因为嘉宾这一项失误，落得满盘皆输。可见，做事之前思虑周全是多么重要啊！

继《对话》节目后，中央电视台《实话实说》节目又找到了他，邀请他担任嘉宾。他对《实话实说》节目非常熟悉，也非常喜欢。《实话实说》节目非常有意思，整个节目中所有嘉宾发言都是现场发挥，事先一点准备也没有，所以内容非常真实。

第一次上《实话实说》节目时，主题是"消防逃生"，他只是一个副嘉宾。第二次上《实话实说》就不一样了，这次他担任一号主嘉宾，这期节目就是为他个人量身定做的，题目就叫"北大毕业等于0"。在这期节目上，发生了一件非常有趣的事情。这个节目是很大众化、平民化的节目，因此参会的嘉宾都穿普通休闲装。但是，亚洲开发银行的首席经济学家汤敏第一次参加这个节目，穿了一身深蓝色的西服，非常正式，跟节目风格不太匹配。这倒没什么，但是发言的风格却不能有太大的差距。嘉宾的发言都是即兴的，但是汤敏并不知情，他喜欢长篇大论，喜欢系统地、有条有理地发言。遇到问题，他经常说："对这个问题我发表五点意见。"节目进行到一半的时候，导演对王文良说："您帮我一个忙，如果他发言时间太长，您就适当打断他。他这样系统、有条理地发言，观众就会误认为是我们事先准备好了的，这样就没有意思了。我们就是实话实说，不需要有条理，想起什么就说什么。"王文良内心也认同就是要实话实说，才符合节目的名字和特色。于是，在下半场他就适时打断汤敏的发言，虽然有些不礼貌，但节目效果非常好。

后来，中央电视台的《交流》《人与社会》以及中央电视台电视节目主持人大赛等节目又找王文良做了很多期嘉宾。其中，主持人大赛给他留下的印象最深。以前，他只是在电视里见过赵忠祥、倪萍、白岩松、鞠萍等著名主持人，而现在他居然与他们同台担任嘉宾，这令他非常开心。录制节目前播放了一段视频，是一群盲人在参加高考，与正常人平等竞争。就这个话题他们展开了讨论。王文良觉得在人格上、自尊心上应该让盲人与正常人公平竞争，实现绝对公平。但是，如果真的实行绝对公平，那是最大的不公平。我们必须照顾盲人，让他们少干一点，多拿一点。就是在这次主持人大赛后，他在接受采访时谈到了"绝对公平"这一观念。后来，他就撰写了《绝对公平》一书。

与美国斯坦福大学校长约翰·亨尼斯在央视《对话》节目现场。

这个时期,王文良不断地参加各类访谈节目,估计观众和读者接近十亿人次。他觉得大众的评价和关注已经超出了自己的能力和成就,于是决定退出媒体。

创立销售学

王文良从 1991 年开始在跨国公司从事销售工作,先后做过直销通路、经销通路、终端连锁通路。具体来说,做过食品、工业品、工程、普通消费品、高端消费品、服务业等等。由于他是中国大陆最早进入跨国集团开始销售工作的人之一，因此机会也就很多。早期，王文良在顶新集团的顶头上司是台湾企业管理水平最高的黄士坤老先生。黄总教了他非常多的企业管理尤其是销售管理的技能。黄总最擅长经销商管理和大客户管理，他是王文良在职场上的第一位老师。

王文良的第二位老师是魏炳忠总经理。魏炳忠是王文良当科长后的第二位总经理，教给王文良营销渠道的系统管理方法，并指导他如何系统地做学术研究和讲课。王文良在担任魏炳忠总经理的助理期间，主抓全公司的管理培训，也曾接受过公司请来的国内外高级培训师的培训，他后来回到北大、清华讲课的基本功就是那个时候练成的。

王文良的第三位老师是台湾生产力中心的汤明鑫老师。王文良在顶新集团担任培训师，而集团从台湾生产力中心聘请了很多高手，其中就有汤明鑫老师。由于王文良的基础好，文化水平高，实战经验丰富，所以汤明鑫老师格外器重他。王文良从他身上学到了很多企业管理的知识，同时提高了自身的能力。

王文良的第四位老师是台湾"终端销售第一人"蔡明达总经理。蔡明达当时是他的顶头上司，第一次接触他的时候，王文良就对他十分崇拜。王文良当时最欠缺的销售能力就是终端直营。因为当时家乐福、沃尔玛、大润发等大型连锁超市席卷中华大地，这些大卖场全部采用国际最先进的管理方法，而中国大陆销售人才的终端水平比对手的水平差100多倍。如果说他们的水平在天上，我们只在华北平原50米以下。王文良跟蔡明达老总从零学起，由于他的基础好，一年以后他的水平就接近蔡明达老总了。他在跟家乐福打交道的过程中，自身的水平不断提高，最后，他的终端水平超越了家乐福人员的水平，也超越了老师蔡明达。这一点要感谢北大培养了他系统思维的能力，也要感谢大学时代一万多本书的积累。

基于以上这些因素，王文良就开始创立中国销售学。由于工业品的销售和消费品的销售完全是两个行业，因此销售海尔电器的总监到了保险公司连个业务员都当不了，而保险公司的总经理到电器公司做个业务员也不够格。在中国做过八大区经理的人很少，同时做过工业品、消费品、服务业的人员更是凤毛麟角，再加上北大毕业的，就几乎没有了。所以，在他之前，中国没有销售学，他是创立中国销售学的第一人。

王文良的《销售学》共分18章，由于涵盖了销售的全部内容，因此篇幅特别大，而业务人员又没有充足的时间看书，所以他把提纲写完后，有些内容没有完全展开。即使这样，全书也有40万字，如果展开论述，将会有100多万字，读者就看不完了。中国最需要原创人员，最需要创新人员。他在顶新集团接受过培训师的系统培训，也给顶新集团内部组长以上、副总以下的中层管理人员长期培训过。因此，他可以自己开发课程，自己登台讲课。但是，在中国，大学的讲台不是想上就能上的。他最早登上的是中国农业科学院研究生院的讲台，给全国种子、化肥等行业的总经理们讲课，每个班100人左右。

给企业内部培训是一回事，走上大学讲台又是另一回事。大学里采用的是连续授课的方式，老师会从早晨到晚上不停地讲课，王文良到现在也接受不了这种模式。中午学生们请他吃饭，他也要与大家互动；吃完饭，接着讲一下午；晚上开车回家，还要在路上堵2个小时，回到家苦不堪言。他当时在农科院研究生院讲课讲得最好，院长经常在中午单独请他吃饭，他还是很有成就感的。

有一次，王文良病倒在课堂上。那次是他与一位美国教授共同讲10天课，他承担了前5天的课程，美国教授承担后5天的课程。因为美国教授是用英语讲一句，翻译人员翻译一句，所以美国教授相当于讲一半的课程，也就是2天半的课程。而王文良则要连续不停地讲5天，结果，第三天讲完课以后，他眼前一黑，晕倒在了课堂上。好在课已经讲完，同学们陆陆续续地走了，没有人注意他。他本想第二天接着讲，但是，当天夜里他就发烧到40度，扁桃腺发炎，实在没办法，他只能打电话告诉班主任老师。这是他讲课以来第一次这么狼狈，但是也没有办法，人毕竟是血肉之躯，不是钢铁侠。所以，他还是喜欢每天只讲两节大课，然后休息，剩下的内容慢慢讲。这样的讲课方式才不会伤及身体。

王文良在农科院研究生院讲得特别好，名声开始向外传播。这时候，北大的总裁EMBA班来找他讲课。此时北大EMBA的学生主要是全国大型企业的董事长、总裁、总经理。大家期望值都很高，而且学员岁数都比王文良大得多，王文良比较紧张。由于他有顶新集团的培训经验和农科院研究生院的教学经验，所以这次课讲得比他预先想的好得多，也受到了EMBA学员们的好评。正是由于这次出色的表现，他开始了在北大14年特聘教授的生涯，这也使他从一线实战人员转变为大学最高级教授——企业家的老师。

由于客座教授要求很高，所以人数少，课程也很少。客座教授不能讲本科生、在校硕士、博士的课程，只能在最高水平的总裁EMBA班或者课程班讲课。由于学生本身就是企业老板，所以王文良讲的课不仅必须有理论，还要包括他们不知道的实战内容。他们从事企业管理已经几十年，王文良要讲他们没听过、没见过的内容，难度可想而知。好在他的基础较好，知识也比较全面，慢慢地在北大站稳了脚跟。

北大是王文良的母校，现在又回到了北大教课并没有太多的新鲜感。他对清华一直情有独钟，他常想，如果能在中国两所最好的学校同时任教将是一件何等的幸事。他一直渴望踏上清华的讲堂。功夫不负有心人，到清华讲课的机会终于来了。

有一天，清华大学的负责人来听王文良的课。课后，就与他签了一年的聘任合同，他就又成为清华大学的正式特聘教授。最令王文良自豪的是，他以教授的身份参加了中国两所百年名校的百年校庆。

王文良在北大、清华风风雨雨13载，最忙的时候同时教20多个总裁博士、硕士班。通过教学他也增长了见识，扩大了人脉，他在中国的每个省都有几十到几百名学生，这也是促使王文良一直勇往直前的动力。无论离开学校多久，他都一直奔跑在青春的路上！

【致努力拼搏】

人生没有停靠站，现实永远是一个出发点。无论何时何地，不能放弃，只有保持奋斗的姿态，才能证明生命的存在。

在奋斗中遇到讥讽、嘲笑而不为之所动时，我们获得的是忍耐和自信；在奋斗中屡败屡战时，我们获得的是坚定的信念和"行到水穷处，坐看云起时"的豁然心态；在奋斗中面临各种引诱而能视富贵如浮云时，我们获得的是一份完善的人格。只有在奋斗中，我们才能体验到生命的躁动和灵魂的升华，才能够书写自己辉煌灿烂的人生。

路漫漫其修远兮。在人生的奋斗征途中，目标要一步步接近，不可能一蹴而就。也会碰到各种各样的困厄，此时，不要过低估计自己的能力，要充满自信，认为"我行、我能"，坚持到最后，才能笑到最后，才能看到最佳的风景。

有了希望，人就会产生激情，并可以义无反顾地为之而付出；在这样的过程中，才能真正体会到人生的意义。什么是人生？人生就是永不休止的奋斗！只有选定了目标，并在奋斗中感到自己的努力没有虚掷，这样的生活才是充实的，精神也会永远年轻！